마음치유

최경규

Healing the mind

박영사

이 책을 펼치는 순간, 마음치유는 시작됩니다.

프롤로그

행복에 관하여 생각해보면 참으로 많은 생각이 떠오를 것 같지만, 실상 구체적으로 적을 수 있는 부분은 그리 많지 않다. 삶의 목적이 행복이라고들 하지만 무엇이 행복인지에 대하여 우리는 학교에서 배우지도 않았고, 부모님에게도 충분히 들을 수 없었다. 그저 오늘 하루, 최선을 다해 살거나 사랑하는 가족을 부양하기 위해 저녁 퇴근길 돌아오며 스스로를 위안하기가 일수였다. 그러한 시간들 속에서 우리의 마음은 점차 외로워져가고 고립되어 간다.

무슨 일이든 문제가 생겼을 때 바로 고치면 부작용이나 상처가 남지 않는다. 하지만 괜찮을 거라 무시하고 홀로 남겨두었을 때, 그 상처는 평생 지울 수 없는 흉터나 흔적을 남긴다. 특히 우리의 삶이 그러하다. 내 마음과 같지 않은 타인들로 인해 생기는 크고 작은 충격은 내 마음에 얼룩을 남긴다. 속이 터질 것 같아도 어른이라는 이름만으로 속 시원히 하소연하지도 못한다. 미처 울지 못한 내 울음은 마음 속 귀퉁이에서 웅크리고 있는 작은 소녀와 같다.

이 책은 치유가 필요한 현대인들을 위해 한 글자 한 글자 정성스럽게 마음을 담았다. 저명한 정신분석학자의 어려운 이야기를 담지도 않았고, 스트레스에 대한 메커니즘을 자세히 풀어 놓지도 않았다. 그저 나와 동시대를 살아가는 이들의 어깨를 두드려주고, 안아주고 싶은 심정으로 부족한 마음을 담아 글로 옮겼을 뿐이다.

하루에도 몇 번이나 희망과 절망, 행복과 스트레스의 숲속에서 길을 잃는 사람들에게 조금이라도 도움이 되고 싶은 마음에 출간한 '당신 잘못이 아닙니다'의 과분한 사랑에 힘입어 다시 펜을 들어보았다. 독자들이 나의 글이 좋다고들 하는 이유는 내가 화려한 수식어나 글솜씨가 있어서가 아니라는 것을 잘 안다. 다만 그들의 마음과 내 마음이 다르지 않기에 공감의 시간 속에서 서로 울고 웃을 뿐이다.

세상은 어렵게 생각할수록, 복잡하게 느낄수록 더욱 힘들게 다가올 것이다. 오늘 하루 모든 것을 내려놓고 이 책 한 권에 커피 한잔으로 시간의 흐름을 느껴보길 권한다. 내일 지구가 멸망한다 하더라도 지금 하는 고민들이 과연 의미가 있을지 한 번 생각해본다면 마음속 무게가 어제보다는 더 가벼워질 것이다.

마음치유, 이 책으로부터 다시 한 번 시작되길 바래본다.

추천사

김영헌 한국코치협회 회장, 前 포스코미래창조아카데미원장

최경규 행복학교 교장은 우리나라를 대표하는 스트레스, 마음치유 강사이다. 낮은 목소리에서 느껴지는 진솔한 울림처럼 그의 글 역시 겸손하다. 강사와 코치를 꿈꾸는 분들 역시 스트레스에서 벗어나기 위한 여러 가지 팁들을 이 책을 읽으면서 하나씩 찾아볼 수 있을 것이다.

김봉환 좋은책 나누기운동 회장, 유창산전(주) 대표

좋은 책이란 마음의 울림이 있어야 한다. 몇 번이고 읽어도 새로운 느낌으로 다가와야 좋은 책이라 할 수 있다. 나에게 그런 책을 권하라면 바로 이 책이라고 자신 있게 말할 수 있다. 잠들기 전, 힘든 하루를 보낸 당신이라면 하루 한 편씩 읽고 마음치유를 해보길 바란다.

김성삼 대구한의대학교 상담심리학과장, 교수

심리상담 분야에서 추천도서를 부탁한다면 나는 최경규 작가의 책을 권한다. 그는 타인의 아픔을 잘 이해하는 무척 따뜻한 사람이다. 그의 삶에서 녹여진 길을 느린 걸음으로 독자들에게 부담 없는 목소리로 전하고 있기 때문이다. 마음치유가 필요한 이들에게 읽어 보길 적극 권한다.

서영식   충주교육지원청 장학사

마음치유의 중요성이 점점 더 부각되고 있는 요즘, 이 책을 마주하면서 그동안 겹겹이 쌓아두었던 낡고 어두운 마음의 그림자를 벗겨내 본다. 한 장씩 넘길 때마다 마음의 평화를 얻게끔 정화시켜 주며 내일이 더 행복할 수 있도록 안내해주는 책이다.

우석훈   화승케미칼 대표이사

모든 책에는 저자의 인격이 묻어 있다고 항상 생각한다. 최경규 교수의 따뜻하고 선한 마음이 마음공부 분야의 깊이 있는 전문성과 함께 하는 좋은 마음 길잡이 저서가 출간되어 기쁘다. 마음 편하게 부담 없이 좋은 사람과 대화를 나누듯이 읽어 나가면 어느새 독자의 얼굴에 미소와 편안함이 떠오를 거라 믿는다. 그게 최경규 교수이니까.

이오들   한국뱀부테라피협회장, 아니마뱀부 대표

그의 글에는 따스함이 있다. 아픈 이의 마음을 어찌 그리 잘 표현하는지 놀랍기만 할 따름이다. 화려하지 않은 그의 담백한 글 속에서 상처받은 마음이 잘 치유되리라 의심하지 않는다.

차 례

하나,

아
무
것
도 하
지 않
기

너무 애쓰지 마라,
올 것은 오고 갈 것은 간다

창랑지수(滄浪之水)에 청해(淸兮)면 가이탁오영(可以濯吾纓)하고 탁해
(濁兮)면 가이탁오족(可以濯吾足)이라는 말이 있다. 이 말은 '초사'의
'어부'에서 나오는 말인데, "창랑의 물이 맑으면 내 갓끈을 씻고, 물
이 흐리면 내 발을 씻는다"라는 뜻이다. 풀어 말하자면 세상 사람 모
두가 더러우면 함께 흙탕물 튀기면서 사는 것이고, 모든 사람이 술에
취하면 함께 술을 마시며 살아야 험한 세상에서 살아남을 수 있다는
의미이다. 로마에서는 로마법을 따른다는 말처럼 상황에 따라 처신을
달리해야 올바른 처세라는 말이라고도 볼 수 있다. 며칠 전 친구와
차를 마시며 근황을 듣던 중, 한동안 잊고 있었던 창랑지수가 불현듯
떠올랐다.

그는 무척이나 다정다감하고 정이 많은 사람이다. 그렇기에 여러 모
임에 참가하며 사람들과 소통을 잘하는 그는 부러움의 대상이었다.
그런데 그가 얼마 전 충격적인 이야기를 들었다고 한다. 다른 모임들
에서처럼 행동했을 뿐인데, 자신의 의도와는 달리 오해를 받았다는
것이다. 친해지고 도와주려고 문자를 몇 번 주고받은 것뿐인데 상대

는 그 행동을 사적 관심으로 오해했고, 그 불편함을 다른 사람을 통해 자신에게 알려준 것이다. 이 말을 들은 나 역시 이해하기 쉽지 않았지만, 가슴 아파하는 친구에게 해 주고 싶은 말이 무엇일지 생각하며 조용히 말을 건넸다.

"새옹지마(塞翁之馬)라는 말이 있지, 굳이 기분 나쁘게만 생각하지마. 이번 일이 어쩌면 너에게 좋은 가르침을 주는 계기가 될 수 있어. 요즘 세상 과도한 친절은 때로는 오해를 만들 수 있으니 조심하라는, 앞으로 네게 다가올 좋은 일에 비슷한 경우가 생길 수 있으니 주의하라는 암시일지 몰라. 그리고 그 사람과의 인연은 이제 다했다고 생각해. 나였어도 섭섭하고 억울하긴 하겠지만 이제는 생각하지 않았으면 좋겠어. 너와 함께 하고픈 인연들이 또 생길 거야. 그때는 지금처럼 하지 않으면 되는 거지."

친구의 눈빛이 전보다 편해졌다. 그의 마음에 일고 있는 생각의 꼬리를 자르고, 스트레스를 해석하는 방법을 바꾸기만 했을 뿐인데 한결 편해진 것이다. 다만 그의 마음에 난 상처가 안쓰럽긴 했지만, 관계라는 것이 사람마다 각기 다른 형상으로 비추어지고, 우리 사회에서 정형화되지 않기에 우리는 '내 마음 같지 않은 당신'에 상처받고 점점 '적당히'라는 단어에 익숙해져 가는지 모른다. 비록 그것이 사회를 메말라가게 할지라도 말이다.

인간은 복잡한 관계 속에서 살아간다. 어릴 적 엄마가 사주신 12색

크레파스로도 세상을 다 표현할 수 없다. 여러 색의 마음을 가진 사람들을 만나기에, 그들을 나의 프레임에 모두 옮겨 놓기란 불가능하다. 자신의 목소리만으로도 마음을 읽을 수 있는 친구들이 있기도 하지만, 최대한 격식을 차리고도 오해를 받을 때도 있다. 그러기에 우리 인간들은 불편하지만, 불필요한 오해를 줄이기 위해서라도 가면을 쓰고 살아가는가 보다. 성격이라는 뜻, Personality의 라틴어 어원은 Persona, 이 페르소나의 뜻은 바로 가면이다. 즉 그 사람의 가면을 쓰고 살아가는 것은 당연하고, 때로는 바뀌는 그 가면의 색깔로 성격도 바뀌는 것이다. 중국인이 지은 창랑지수라는 책처럼 동서양과 고금을 막론하고 그 상황에 맞게 살아가는 것이 바른 처세일 수 있겠다는 생각이 든다.

복잡한 인간관계 속에서 창랑지수의 철학이 삶에 스며들지 못할 때, 우리의 마음은 어떠한가?
비록 나이가 들어감에 시련을 통해 작은 지혜를 얻기도 하지만 예상치 못한 스트레스를 받을 때면 깊은 시름에 잠긴다. 생각은 꼬리에 꼬리를 물고 자신을 따라다니며 같은 질문을 되뇌게 만든다. "왜 그랬을까? 무엇이 문제일까?"라는 반복되는 뜨거운 물음에 당신의 자존감은 끊임없이 녹아내린다.

생각에 빠지면 생각에서 나오는 연습을 해야 한다. 상황을 객관적으로 볼 수 있다면 고민은 작아 보인다. 그러기 위해서는 생각에 빠지지 않고, 생각을 바라보는 훈련이 필요하다. 생각이라는 나무를 너무 가까이에서 지켜보고 있으면 보이지 않지만, 조금 떨어져 있으면 나무를 제대로 볼 수 있다. 어떤 상황이든 아픔과 슬픔에 매몰되어서는 고통의 늪에서 빠져나오기 어렵다. 두 발로 일어서면 무릎까지 올 수면인데도, 물에 빠졌다는 생각에 사로잡히면 몸과 마음이 정상적으로 작동하지 않아 호흡조차 하지 못할 수 있다. 물에 빠졌다고 무조건 죽는 것이 아닌데도 말이다.

고민이라고 생각되는 순간 고민은 시작된다. 마음의 정의를 내리는 시점은 불분명하다. 하지만 꼬리에 꼬리를 무는 순간, 그 순간을 우리는 잘 바라보아야 한다. 함부로 내 마음에 부정적인 생각들이 오래 머무르지 않게 말이다. 말이 씨가 된다는 말이 있듯이, 들어오는 생각을 함부로 재단하여 가슴에 담아두지 않아야 항상 신선한 공기가 마음에 드나들 수 있다.

너무 애쓰지 마라, 올 것은 오고 갈 것은 간다. 인연은 물 흐르듯이, 흘러가도록 내버려 두어야 마음이 편해진다. 떠나가는 사람에게 너무 아쉬워하지 말고, 다가오는 사람의 유혹에 너무 마음을 주어서는 안 된다. 인연 따라 물 흐르듯 흘러가도록 두어야 한다. 노자의 상선약수라는 말이 있듯이 인연을 물처럼 보아야 한다. 세상 어디를 가더라도 겸허히 받아들이고, 모두에게 이롭게, 사라질 때는 아무 흔적없이, 깊이가 있는 그런 마음을 가져야 한다.

한 세기를 살아가는 인생의 대선배에게 들을 수 있는 이야기 중 공통분모를 생각해본다면 바로 "살아보니 어느 정도 팔자가 있는 것 같더

라. 그러기에 너무 욕심내지 말고, 없다고 조바심내지 마라. 조금 부족할 때 오히려 작은 것이라도 가지고 있음에 행복을 쉽게 느낀다."라는 말이다.

세상 이치가 하나로 통일되면 세상에는 다툼도 오해도 없다. 하지만 나름의 철학과 다른 환경에 우리는 다른 모습으로 살아간다. 창랑지수의 철학을 깨우쳐 살아도 좋고, 산속 자연인으로 살더라도 나만의 색을 잃지 않으며 살아가는 것도 좋을 수 있다. 다만 빠르게 흘러가는 세월 속에서 우리 마음이 다치지 않고 살았으면 좋겠다.

컵 하나엔 언제나 한 잔의 커피만을 담을 수 있다
우리가 몸서리치며 어금니 꽉 깨물고 살아도 욕심뿐
결국, 일인분의 삶이다
컵엔 조금은 덜 가득하게 담아야 마시기
좋듯이 우리의 삶도 조금은 부족한 듯이
살아가야 숨쉬며 살 수 있다

〈용혜원, '컵 하나엔'〉

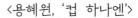

제발 아무것도
하지 말아라

제발 아무것도 하지 않았으면 한다. 혹여라도 지금 느껴지는 삶의 무
게가 너무 힘겹다고 생각된다면, 하던 일을 멈추어야 한다. 야생동물
들은 자신이 상처를 받을 때, 몸을 숨길 수 있는 안전한 장소를 찾는
다. 그리고 나을 때까지 그곳에서 몸과 마음을 돌본다. 아무것도 하
지 않은 채 말이다. 하지만 동물과 달리 불을 피울 수 있고 달나라까
지 여행하는 우리 인간들은 이러한 단순한 원리를 모른다. 어떻게 해
서든지 더 많이 고민하고 걱정하며 스스로 마음에 생채기를 낸다. 그
것이 해결될 방법이라는 착각을 하며, 무엇이라도 하고 있다는 생각
을 위안으로 포장한 채 밤잠을 설친다.

걱정은 문제를 악화시킬 뿐이다. 최소 정신적인 측면에서는 말이다.
마음에 피워진 걱정이란 뿌연 매연은 한순간에 없어지지 않는다. 마
음의 창문을 열고, 시간을 두어야 연기는 천천히 사라진다. 창문을
열고 기다리는 수고조차 하지 않는다면, 걱정은 또 다른 걱정이라는
불씨를 만들어, 잠자고 있던 조용한 다른 마음 밭에 불씨를 옮기기도
한다. 꺼져가는 걱정은 또 다른 걱정을 피우는 것이다.

이렇게 내 마음이 불바다가 되지 않기 위해서 아무것도 하지 않았으면 한다. 그냥 모든 것에서 멀어져 보자. 당신이 지쳐있다면 말이다. 월요일에서 금요일까지 몸이 부서지라 일한 당신, 일로서 고통마저 잊어보려 한 당신을 조용히 안아주고 싶다. 처절한 몸부림에 눈시울이 붉어지는 이유, 그 힘들었던 시간 속에서 외로이 울고 있었을 가슴속 어린 자아가 그려지기 때문이다.

그만하면 되었다.

오늘 하루라도 모든 것을 내려놓고 근심의 웅덩이에서 벗어나 보자. 말이야 쉽고 시간이 해결할 거라는 노래 가사 말도 있지만, 지금 내가 힘든 당신에게 해줄 수 있는 말은 아무것도 하지 말라는 말이다. 아무 생각 없이 온종일 눈물이 쏟아지는 영화를 봐도 좋고, 먹으면 땀을 뻘뻘 흘리게 하는 매운 떡볶이도 좋다. 아니 이 두 가지 모두 해도 좋을 수 있다. 그동안 담긴 가슴의 한과 스트레스를 밖으로 배출시킬 수 있다면 말이다. 사람마다 다른 환경이기에 이것이 최고의 방법이라 단편적으로 말하긴 어렵겠지만 힘들 때는 자신의 영혼이 숨 쉴 수 있는 창문을 만들어주어야 한다.

호흡을 느껴보자.

"내가 미련해서, 내가 무식해서 그런 일을 했구나, 내가 욕심이 많아서, 일이 이 정도로 되었구나." 이런 생각조차 내쉬는 숨에 뱉어보자.

당신의 잘못이 아니다. 미련하고 무식해서도 아니고 욕심이 많아서도 아니다. 모든 일은 인과의 법칙에 따라 특정한 시간과 공간의 환경이 조성되어야 일어난다는 '시절인연(時節因緣)'이 당신을 거기로 데려놓았기 때문이다. 당신의 잘못이 아니다. 그냥 때가 그렇게 되었기 때문에 그런 것뿐, 그러니 더는 초라한 모습으로 이불 밑에서 눈물을 훔칠 필요가 없다. 그러니 절벽 끝에서 울고 있는 어린 자아에 손을 내밀어보자.

사람이 힘들수록 호흡은 얕아진다. 턱밑까지 찾아온 걱정과 자책감에 숨조차 쉬기 어렵다면 모든 것을 잊고 그냥 숨을 뱉어보자, 어떻게 해서든 결론은 '해피엔딩'이라는 믿음을 가지며 당신의 호흡을 느껴보라. 떨리는 숨이 안정될 때까지 오로지 호흡에만 집중해보라.

비울 때는 한없이 비워야 한다.

다시 돌아갈 수 없는 시간 속에서, 세상 제일 어리석은 바보처럼 느껴지더라도, 오늘만은 생각이라는 것을 버려보자. 마음의 옳고 그름조차 판단하지 않아도 된다. 마치 뇌가 없는 것처럼 생각을 비우고 또 비우고 나면 샘솟는 새로운 삶의 결을 느껴볼 수 있을 것이다.

세상 모든 것은 변한다는 진리, 변하고 변할 수 있다는 사실을 잊고 살기에 우리 마음은 힘이 든다. 고개를 들어 하늘을 보면 아파트보다 더 큰 구름이 예술이다. 구름을 가만히 보면 고정되어있는 것 같지만 바람의 세기에 따라 조금씩 움직인다. 구름도 바람도, 우리 인생도 고정된 것은 그 무엇도 없다. 절대적이지 않은 것에 절대적일 것이라는 마음에 집착을 두면 우리 마음은 언제나 힘들 수밖에 없다.

사람으로 힘들어하는 당신이라면 한결같은 사랑에 집착하지 말자. 구름도 바람이란 영향 아래에서 일정하지 않듯이 절대적인 사랑을 바라면 바랄수록 당신만 지쳐갈 뿐이다. 늙지 않는 젊음도 바라지 말자. 수천 년 전부터 우리 인간들이 터부시해왔던 노화를 애써 외면하지 말자. 늙음이 나쁘지만은 않다. 성숙의 의미에서 다시 해석하여 모든 것은 영원하지 않다는 사실을 되뇌어 보아야 한다. 그 착각들 속에서 벗어나지 못한다면, 우리는 지쳐가고 삶은 점점 힘이 든다.

우리의 마음은 시련의 터널을 지나는 동안 끊임없이 설득력 있는 설명을 듣길 원한다. 내가 지금 힘든 이유가 무엇 때문인지 말이다. 아무것도 하지 못한다는 무력감에서 벗어나기 위해 고민을 본능적으로 한다. '그래서 내가 힘들구나'라는 설명을 비로소 자신에게서 들을 때 잠시나마 고통으로부터 해방감을 맛본다. 그렇지만 그러한 해방감이 문제해결까지 연결되지는 못한다. 오히려 반복적으로 생각하는 시간은 자신의 자존감을 내려뜨리고 습관이 되어 우울증으로 변하게 된다.

문제없는 인생은 없다. 그러니 오늘 하루라도 생각을 내려 놓아보자. 완벽한 삶이 존재하지 않는다는 것을 잘 알면서도, 왜 내 삶의 모습에 대하여 자책하는가? 쉴 때는 쉬어야만 내일이 바로 보이는 법, 걱정은 걱정을 낳을 뿐, 걱정에 묻힌 밤에는 새로운 힘도 생각도 태어나지 않는다.

울어도 된다. 더 힘내어 울어도 된다. 방파제에 부서지는 파도처럼 깨어지는 마음에 눈물이 난다면 오늘까지만 허락하자. 삶이 그리 길지 않다. 슬퍼하는 만큼 다시 돌아올 수 있는 시간도 길어질 뿐이다. 지나가는 여름, 그 끝자락에 아픔도 같이 흘려 보내보자. 그리고 가을 낙엽을 여유롭게 즐기며 따스한 커피를 마시며 더 나아질 나를 상상하며 아침을 열어보자.

하루라도 마음이 숨 쉴 수 있는 창문을 만들어주길 바란다.

다들 그렇게 산다

한숨 쉬는 것이 이미 습관이 되어버린 후배가 있다. 그는 한숨이 자신의 트레이드 마크가 되어간다는 사실조차 모른 채 하루를 살아간다. 가끔 볼 때마다 그의 고민은 줄어들지 않고 조금씩 늘어나는 것 같아 그에게 다른 어떤 말도 하기 어렵다. 오죽했으면 저렇겠는가, 한숨이라도 쉬어야 조금이라도 고통을 덜 것 같다는 자조 섞인 말로 그를 이해해보려고는 하지만 지켜만 보는 입장도 마냥 편하지는 않다.

중국 '묘협' 스님의 법문인 보왕삼매론에 보면 '몸에 병 없기를 바라지 말고, 근심이 없기를 바라지 말라'고 했다. 무엇을 바라는 것 자체가 나쁜 것은 아니지만, 자세히 들여다보면 현재에 만족하지 못하는 것이다. 어느 기준에서 보느냐에 따라 모든 현상은 풍족하기도 하고, 부족하기도 하다. 법문처럼 최소한 후배의 몸에 병은 없는 것만이라도 가진 것으로 볼 수 있다면 한숨의 깊이가 얕아지겠지만 가지고 있는 것에 감사하지 못한 채 힘겹게 살아가는 아쉬움이 있다. 그의 한숨을 기억하며 비 오는 가로등 불빛 벤치에 앉아 그에게 하고픈 말을 적어본다.

다들 그렇게 살아간다.

마냥 늙지 않고 살 것 같지만, 팽팽했던 얼굴에 어느새 주름이 지고, 귀엽기만 한 아이들도 자기 갈 길을 찾아 하나둘 떠나간다. 속이 터질 듯한 가슴을 부여잡고 살아보아도 바뀌는 것은 크게 없다. 영원 속에서 살아갈 것이라는 착각, 왜 나만 힘드냐는 생각의 틀에서 벗어나라.

다들 그렇게 살아간다.

너무 후회하지 마라. 지금까지 잘못 살았던 것이 아니다. 너는 최선을 다해 살았다. 다만 그때의 인연이 그것뿐이었다. 그러니 더 이상 자신을 욕할 필요가 없다. 삶의 지혜가 부족했다고 지나간 시간에 후회가 느껴진다면 그동안 세상 물정 모르고 편하게 살아왔다고 생각해라. 지금부터라도 가슴을 열고 세상 밖으로 나가서 배우면 된다.

늦었다고 생각하지 마라, 세상 늦은 것은 아무것도 없다. 초조하게 생각하면 살아도 산 것이 아니다. 계절의 흐름도 모르고, 맛난 것을 먹어도 맛이 없다. 힘들수록 여유를 가지고 인생을 바라보아야 삶의 의문도 풀리는 법이다. 때로는 인생의 끝을 보고 역산하여 살아보자. 삶에서 가장 중요한 것이 무엇인지 물어보는 질문에 가장 선명하게 대답할 그 무엇이 있다면 이미 당신은 삶의 목적이 있다. 하지만 정작 그 중요한 목적을 요원한 목표로만 두고 정작 중요하지 않은 일들에 목숨을 거는 경우가 많다.

자신의 삶, 그 이유가 자식에게 있다면 정말 그들이 무엇을 원하는지 제대로 알아야 한다. 상담을 부탁받고 고민을 들어보면 많은 사람이 "때를 놓쳤다"는 말을 자주 한다. 아이들이 힘들다고 말할 때, 조금만 더 참으면 된다며 애써 못 들은 척 넘어가기도 했었고, 부모님이 보고 싶다고 말할 때, 당장 처리해야 할 일들로 우선순위를 미루어온 날들, 후일 돌아가시고 난 후, 가슴 치며 때늦은 후회에 마음을 가누지 못한다.

인간은 전지전능한 신이 아니다. 그러므로 인간에게만 허락되는 '후회'라는 것을 한다. 동물이 반성이나 후회를 한다는 말을 들어본 적 없고, 손바닥 보듯 내일을 알 수 있는 신에게 후회가 있을 수 없다. 오직 인간이기에 하는 생각의 소유다. 그러므로 오늘을 후회하고 내일을 더 잘살려고 결심하는 것은 어리석음이 아니라 바로 사는 것이다.

다들 그렇게 살아간다.

무엇이 그리 불만인가? 인간관계 역시 마찬가지로 교과서와 같이 일목요연하고 조화로울 수 없다. 심지어 결혼생활 30년이 지난 부부도 소통문제로 상담을 오는데, 몇 달, 몇 년을 만난 남에게 나의 색을 입히려고 하는 것은 너무나 큰 욕심이며 불가능한 일이다.

내 마음의 프레임은 어릴 적 미술 시간에 만들었던 찰흙과 같이 부드러워야 한다. 그래야 내 마음에 새들도 들어오고 나무도 자랄 수 있다. 비바람을 막는다는 이유로 철옹성과 같은 철제와 콘크리트로 마음 프레임을 만들어서는 안 된다. 유연하지 못한 프레임은 단절과 불통을 만들 뿐이다.

나이가 들수록 혼자 있더라도 향기로운 사람이 되어야 한다. 향수나 샴푸로 자신을 표현할 것이 아니라 어두운 밤 나누는 담소, 보이지 않는 당신의 행동에서 향기가 묻어나야 한다. 타인의 칭찬 한마디에 웃고, 비난 한마디에 화를 그리는 사람이 아니어야 한다. 혼자 있더라도 양초와 같은 작은 불빛을 얼굴을 품은 향기로운 사람이 되어야 한다.

법정 스님의 말씀 중, 정말 내가 부끄러운 것은 내가 가진 것보다 더 많은 것을 갖고 있는 사람 앞에서가 아니라, 나보다 훨씬 적게 가졌어도 그 단순과 간소함 속에서 삶의 기쁨과 순수성을 잃지 않는 사람 앞에 섰을 때, 그때 나 자신이 몹시 초라하고 가난하게 되돌아본다고 했다. 법정스님의 말처럼 정말 부끄러워해야 하는 것을 부끄러워해야 하고, 삶을 담백하고 당당하게 사는 것을 아는 것은 행복에 이르는 지름길이다.

삶을 거시적으로 보는 연습을 해야 한다. 호연지기라 했듯이 산에 올라보면 새로 지은 고층 건물도 작게 보이는 것처럼 우리의 마음을 키워야 한다. 비행기에 오를 때면 세상 모든 것들이 점처럼 보인다. 그 보이지도 않는 점들에 우리는 마음을 빼앗기고 마음을 어지럽힌다.

법정스님의 말처럼 하나라도 더 가지려고 하는 마음을 버리고 불필요한 것을 버리려는 마음, 그리고 내가 부끄럽게 생각해야 할 것이 없음에 방점을 둘 것이 아니라, 당당하지 못함에 자신을 꾸짖고 반성해야 하는 것이 아닐까 생각한다.

장마가 조금씩 물러가고 있다.

처마 밑 어느 선술집에서 한숨을 안주 삼아 검은

밤을 지새울 후배를 생각해본다.

그의 내일이 오늘보다는 더 밝아지길,

그리고 편안해지길 바라며 미처 전하지

못한 나의 마음을 글에 녹여 태워본다.

그동안 애 많이 썼다. 그럴 것 없다.
애초에 우리는 바람이었다

나는 내가 괜찮을 줄 알았어요. 지금껏 살면서 나에 대해 생각해 본
적도 없고 위로한 적도 없었어요. 그래서 지금 내 마음이 이런 걸까요?
60대 중반 한 여성분의 말이다. 떨리는 손으로 건넨 차를 마시지도 못
한 채, 그녀는 천천히 말을 이어나갔다. "옆을 못 보도록 가림막을 한
경주마처럼…. 앞만 보고 달려왔어요. 그렇게 사는 것이 잘 사는 것이
라 믿고 가족들이 조금이라도 편하게 지낼 수 있다면 '내가 겪는 고
통쯤이야'라며 아픔을 참아왔지요. 그런데 요즘 들어 삶에 아무런 느
낌이 없어요. 아이도 출가하고 집에 덩그렇게 혼자 있으면 눈물만 나
요…. 돌아가신 어머니가 보고 싶고 난 왜 사는지도 모르겠어요."

삶이란 연극에서 주인공으로 사는 것, 때로는 너무나 힘든 일이다.
모든 일이 나를 중심으로 진행되기에, 무대를 비추는 뜨거운 조명은
한여름보다 더욱 우리를 지치게 한다. 상담을 마치며 잠시 생각에 잠
긴다. 이분에게 가장 효과적인 도움이 무엇일지 말이다. 상담시간 동
안의 공감과 응원은 분명 도움이 될 테지만, 혼자 있는 시간에는 누
군가의 도움을 받지 못한다는 것과 이겨낼 힘이 부족한 사람에게는

혼자 해결할 수 없는, 그런 한계가 있다는 사실이다.

나는 푸른 바다의 느낌이 나는 노트 한 권과 색감이 예쁜 파란 색 펜 한 자루를 선물로 건넨다. 마음속 정리되지 못한 찌꺼기를 버리고 새로움을 시작할 마법의 도구들이다. 우리는 세상에 태어나면서부터 크고 작은 상처를 경험이라는 이름으로 안고 살아가고 있다. 그리고 그 아픔들이 때로는 트라우마로 무의식의 상태, 동화 속 유령처럼 자주 나타난다. 그럴 때면, 꼭꼭 숨겨 놓았던 슬픔이 다시 썰물이 되어 감정의 수면 위로 올라오고, 턱밑까지 올라온 두려움에 우리는 숨조차 쉬지 못한다.

그럴 때 나를 찾아온 분들에게 나는 이렇게 말한다.

"슬픔을 애도할 시간을 가져보세요."

마음속 정화되지 못한 슬픔을 외면하지 않고, 따스한 목소리로 자신의 마음을 돌아보는 시간을 권해본다. 종이 위에 마음의 창문을 만들어보라고 한다. 주체할 수 없는 슬픔에 도저히 감정을 억누를 수 없을 때, 우리는 슬픔이 바람 되어 나갈 창문을 만들어야 한다. 그러기 위한 방법으로 감정을 치유할 수 있는 글쓰기를 권한다.

지난주 어머님을 떠나보낸 선배가 쓴 글이다. 장의차 안에서 퇴고도 없이 잠시 쓴 글이라지만, 세상에서 가장 좋은 시(詩)라고 생각되었

고, 그의 마음이 고스란히 느껴졌다. 선배는 이 글을 쓰고 슬픔의 무
게가 한결 가벼워졌다고 한다. 글이 상처를 애도하고, 마음의 슬픔을
태울 수 있었기 때문이다.

<어머님을 태우다>

염하고 눈물! 입관하고 눈물! 관 운반하면서 눈물!
화구로 들어가면서 눈물! 재 쓸어 담는 걸 보면서 눈물!
창호지로 재를 싸면서 눈물! 유분을 목함에 넣으며 눈물!
보자기에 싸여진 목함을 만지며 눈물
마지막 눈물은 이동 중인 영구차 안
가슴에 안긴 목함
감싸 안은 손끝에 느끼는 아직 남은 열기에 왈칵!

당분간 선제암 자주 가서 마음 놓고 우리라
합천군 용주면에서 우리라
남은 생은 울면서 살다가 나 또한 고통 없이 산화하기를....
그러다 산천 스치는 바람 속 먼지 되어 엄마 다시 만나리
그리고 안부를 여쭙니다
엄마 어디 계셨어요? 잘 계시지요?

엄마는 말한다
그럴 것 없다 애초 우리는 바람이었다.

잠시 구름 되어 너를 만나 뿌듯했다
그리고 다시 바람으로 돌아가 귓전을 펄럭이는 무언의 손짓들이 모
두 너고 나다
구름처럼 살다간 시간 속에서 잠시 너를 만나 행복했다
또 다른 인연으로 우리 다시 만나자 그땐 좀 더 행복하게 살아보자구나
그동안 애 많이 썼다. 고맙다. 다시 겸허히 살다 바람으로 다시 만나자
그래, 그때까지 안녕! 사랑하는 내 새끼들아 금세 보고 싶구나

흐르는 눈물만큼이나 선배의 마음이 고스란히 전달된다. 영원(永遠)
이라는 것이 존재하지 않는 삶에 우리 부모만큼은 무병장수할 것이
라는 근거 없는 욕심으로 우선순위의 뒷전에서 머물다, 정작 끝자락
에 와서야 한탄과 자책 속에 살아가는 사람들을 본다. 모든 것이 자
신의 잘못이라며 때늦은 후회를 해보지만, 슬픔의 늪에서 헤어 나오
기는 쉽지 않다.

만약 눈으로 감정을 볼 수 있다면 우리는 슬픔이란 구덩이에서 나올
수 있는 사다리를 쉽게 찾을 수 있을 것이다. 뜨거울 때는 냉장고에
식혀두기도 하고, 차가울 때는 구들장 밑에 숨겨두면 될 일이기 때문
이다. 보이지 않는 감정이라 해서 애써 외면하려 했던, 숨겨진 그 밑
바닥의 슬픔까지 꺼낼 수 있는 시간은 필요하며 그 도구로서 글을 써
보라 권한다. 무엇이라도 더 채우는데 익숙해진 요즘 세상에서 미니
멀리즘, 즉 단순하게 살 수 있는 생각과 정리할 시간은 필요하다.

비워보자, 자꾸 채우려 하지 말자. 비워둔 곳이 있으면 그대로 두자. 상실에 대한 두려움으로 무언가를 계속 채우려 하는 것이 인간의 본능이지만, 세상을 담백하게 사는 일 중 하나는 바로 비움. 그리고 마음속 정화되지 못한 찌꺼기를 태우는 일.

제대로 비우기 위해 애도의 시간이 필요하다. 지금 마음으로 쓰는 한 문장이 가슴에 울리는 순간, 홀로 있는 외로움에 쓰러지는 당신은 빛을 볼 수 있을 것이다. 멀어져간 가족, 헤어진 사랑 그리고 하늘나라로 말없이 떠나버린 강아지에게도 이제는 보내줄 애도의 시간이 필요하다. 그곳에 치유가 있다. 내 마음을 다독이는 글을 쓰는 시간, 오늘 한 번 가져보자.

영혼의 울림이 없으면
만나도 만난 것이 아니다

보일 듯 보이지 않는 사람들의 마음, 삶이라는 망망대해(茫茫大海)를 항해하는 동안 우리는 수없이 많은 사람을 만나기도 한다. 스쳐 지나가는 사람들도 있지만, 때로는 인연이라는 이름으로 소중한 이를 만나고 그 속에서 마음의 평온을 찾기도 한다. 하지만 가끔은 기대하지 않았던 그리고 조절할 수 없는 변수 앞에서 그 인연조차 무겁게 느껴질 때도 있다.

이럴 때 사람은 생각에 잠기게 된다. 미처 보지 못했던 면이 있었던가? 내가 사람을 잘못 본 것은 아닌지 하고 말이다. 생각이 여기까지 이르게 되면 마음의 물결은 점점 부정적인 웅덩이에 빠지게 된다. 헤어나오기 힘든 깊은 곳에서 나오지 못하며, 지금까지 그의 친절했던 행동과 말의 진실성조차 의심받게 된다.

사람의 마음에는 저울이 있다. 긍정과 부정이라는 작은 주머니들 사이에 중심을 잡는 마음이라는 중심추가 있는데, 바로 이때 부정적인 주머니에 무게가 실리게 되면 좀처럼 긍정으로 무게중심을 옮기기 어렵다.

사랑이라는 이름으로 함께 했던 아름다운 날들의 기억이 갑자기 불이 꺼진 영화관 홀로 있는 듯한 외로움으로 변하고, 신뢰라는 마음으로 정성스럽게 키워왔던 사랑의 나무들이 하나둘씩 시들어간다. 사람이 신이 아닌지라 미처 알지 못하는 상대의 진심을 알기까지 엄청난 시간과 노력이 필요하다. 때로는 그 물리적인 시간이 부족해 헤어지는 인연들이 너무나 많다. 그렇게 헤어지는 사람들의 마지막 한마디는 '너무하다'라는 표현이 공통분모로 항상 들어있었다.

혹시 성악설(性惡說)에 대해 들어본 적 있는가? 인간의 본성은 악하다는 말이다. 이 뜻은 잘못 이해하면 '인간은 태어날 때부터 악하다'로 이해하기 쉽지만, 사실은 '인간은 태어나면서부터 악으로 기우는 경향을 지닌다'라는, 즉 앞서 말한 마음 기울기를 조절하는 중심추가 부정으로 기우는 경향이 있다는 말이다.

사람과 사람을 이어주는 관계의 중심추는 바로 무엇일까? 여러 생각들 속에서 다양한 답들이 나오겠지만, 신뢰가 아닐까 생각한다. 사업이든 사랑이든 인간이 하는 모든 행위에는 관계로부터 시작되고 그 중심에는 신뢰라는 단어가 숨겨져 있다.

신뢰가 없으면 결코 희생이라는 말이 나올 수 없다. 어제까지의 장기간 출장을 마치고 몸은 이미 녹초가 되었지만 사랑하는 사람의 짧은 전화 한 통화에 웃으며 나갈 수 있는 것도, 피곤함에 눈은 감기고 목까지 부은 날에도 그에게 조금이라도 도움이 된다면 기꺼이 나가는 그것이 바로 사랑이고 희생이며 그 기조에는 신뢰가 담겨 있다.

그런데 이 신뢰가 무너지는 순간이 있다. 관계란 깨진 유리창과 같이 한 번 금이 가면 돌이킬 수 없는 경우가 많다. 불신의 웅덩이에 빠지면 긍정이 보이지 않는다. 사랑과 신뢰가 가득했던 시간들 사이에서는 쉽게 긍정을 바라볼 수 있다. 남들이 하는 이야기도 귀에 들어오지 않을 만큼 강력한 사랑이라는 호르몬이 방패가 되어 관계를 지킨다.

하지만 큐피드의 화살이 빠질 무렵이면 상황은 급속도로 악화된다. 참 어려운 이야기일 수 있지만 힘든 상황일수록 긍정만을 바라보는 연습을 해야 한다. 우리나라 이혼율과 우울증으로 힘들어하는 사람들의 엄청난 수를 생각해본다면, 위기 관계일수록 긍정을 바라보는 연습이 필요하다.

깊은 웅덩이에서 빠져나오는 방법은 쉽지 않다. 고속엘리베이터처럼 버튼 하나로 지하동굴에서 탈출하면 좋겠지만 그런 기술이나 약은 아직까지는 없다. 본디 사람 마음이라는 것이 인연이라는 문에 쉽게 들어갈 때와 달리 나올 때는 힘들고 천천히 움직이는 것이라 조바심을 내지 않고 하나씩 풀어나가야 비로소 매듭을 풀 수 있다.

조바심에 대하여 법정 스님은 이렇게 말씀하셨다.

"쫓기는 삶을 살지 말라."

어떤 일에 생각이 매몰되어 있다보면 마음이 항상 바빠진다. 마음이 바빠지면 여유가 없어지고 늘 불안이라는 그림자가 함께 길게 드리워진다. 사업적인 부분이야 효율성과 시간을 고려해야 한다지만, 우리 마음은 반대의 경우를 가진다. 마음에 꽃을 볼 수 있는 여유가 있어야 눈에 꽃도 보이고 그 향기를 맡으려 허리를 숙이기도 한다.

주인과 객이 전도되면 삶이 힘들어진다.

세상 모든 만물은 한곳에 머무를 수가 없다는 사실을 인지하고 살아야 한다. 그러기에 오늘 최선을 다해 사랑하고 진실하면 된다. 떠나는 인연은 더 이상 당신에게 그 어떤 의미로도 존재하지 않을 것을, 스스로 주인 되는 삶을 살도록 하여야 한다. 인연의 끝에 서 있는 사람은 그저 당신이란 소설에서 이제 퇴장하는 손님, 객(客)일 뿐이다. 다른 사람의 시각과 기대에 삶을 맞추면 늘 당신은 부족한 사람이 되고, 무엇에 쫓길 수밖에 없다.

인연이라는 문. 항상 하나의 문이 닫혀야 다른 문이 열리는 법이다. 하지만 아직 과거에 서성이는 당신은 스스로 닫을 용기를 쉽게 내지 못한다. 그리고 새로운 문이 열릴지에 대한 걱정으로 과거라는 시간 속에서 의미 없는 추억을 꺼내기도 한다. 인간은 누구나 외로움을 싫어한다. 그러기에 멀어져가는 사람의 자리에 빨리 새로운 사람을 넣으려 노력하기도 하지만, 그것은 욕심이다. 인연의 문, 하나가 닫히어야만 새로운 문이 열리는 사실을 잊지 말고, 오늘의 외로움을 즐겨야 한다.

사랑과 헤어짐으로 힘들어하는 분들의 고민에 대하여 내 생각을 담아 새벽 글에 녹여본다.

마주침과 스치고 지나감에는 영혼의 울림이 없다.
영혼의 울림이 없으면 만나도 만난 것이 아니다.
〈법정스님, 살아있는 것은 다 행복하라 중에서〉

풍선을 놓는 순간,
비로소 하늘을 볼 수 있다

사람이 행복해지는 일. 의외로 간단할 수도 있다. 호연지기의 마음으로 삶을 거시적으로 내려다보고, 지금 일어나는 마음의 풍파에서 조금 멀어진다면 말이다. 말이야 쉽다고 하지만, 현실적으로 어떻게 그렇게 될 수 있는지에 대한 의문이 뒤따를 것이라 한 가지 방법을 소개하고자 한다.

인생은 늘 고달픈 것이라는 한 친구의 이야기를 들을 때마다 가끔은 그가 어리석다는 생각을 지울 수 없다. 스스로 마음을 바꾸면 될 일을, 바뀌지 않는 상대 때문에 자신의 마음을 지옥으로 만드는 것을 보기 때문이다. 손이 닿지도 보이지도 않는 마음을 바꾸려 전력투구하다 지친 친구를 위로하기 위해 술잔을 기울일 때면 가슴이 절여져 오기도 한다.

강의 때, 내가 주로 쓰는 키워드 중 하나는 스트레스이다. 이 스트레스의 원인을 유추할 수 있는 여러 단어가 있는데, 주로 비교나 욕심을 들 수 있다. 하지만 오늘 내가 말하고 싶은 내용은 바로 집착이다.

보통 재물이나 명예에 대하여 사람들은 집착 이상의 집착을 둔다. 공수래공수거를 주장하며, 때로는 비움에 대해 많은 이야기를 하지만 정작 사람에 대한 집착을 잊고 살 때가 있다. 누군가를 사랑하게 되거나 진심으로 아끼게 되는 시간이 오면, 우리의 에너지는 생각보다 한 사람을 향해 많이 집중된다.

무엇을 하는지, 밥은 먹고 일하는지 대한 작은 생각부터 미래를 염려하는 마음까지 모두 자연스럽게 스멀스멀 마음의 향꽃이 피워진다. 이렇게 피운 꽃, 아름다운 사랑으로 피어있다면 좋으련만, 꽃이 자랄수록 소유하고 싶어하고 집착하게 되는 경향이 문제이다. 더 가까이서 보고 싶어 잡을 때 가시에 찔려 피가 나기도 하고, 더 이상 가까이할 수 없음에 힘들어한다.

모든 고통의 시작은 이렇게 집착에서 시작된다. 무엇인가 내 마음의 틀 안에 들어오길 바라는 마음이 바로 고통의 시작이다. 시들어가는 사랑으로 힘들어하는 사람에게 하고픈 말이 있다면, 과한 마음, 즉 집착에서 벗어날 때 비로소 짜릿한 해방감을 느낄 수 있다고 말하고 싶다. 잡을 수조차 없는 무엇을 잡으려 많은 에너지를 쓰고 있을 때, 자연스럽지 못한 인연을 힘겹게 잡고 있을 때, 우리의 삶은 더 힘들어지고, 정작 함께할 좋은 인연은 다가오지 못한다.

자녀 문제로 상담을 의뢰하는 부모님, 내 마음 같지 않은 철없는 자식때문에 가슴이 타들어 가는 것 같다고 한다. 인생을 미리 살아본 사람으로서 피해갈 수 있는 위험에 대비하고 안전하게 살아가길 바라는 마음에서 많은 이야기를 자식에게 전하고 싶어 한다. 하지만 마음에 전달되지 못하고 귓전에 머무는 아이들, 그 관계 속에서 지쳐가는 부모님의 이야기는 어쩌면 우리 모두의 이야기이다. 배 아파 낳은 자식이라 할지라도 탯줄이 끊어지는 그 순간부터, 독립된 감정이고 인격체이다. 그러기에 내 마음의 틀에 넣으려 하면 할수록 그것은 집착이 되어, 스스로를 지옥으로 밀어 넣게 된다.

말처럼 쉬운 것이 없다지만, 이제는 집착하지 않겠다고 선언하는 순간, 우리의 몸과 마음은 어제보다 더 편해질 수 있다. 사랑이라는 이름으로 타인에게 집착하는 시간에 내 마음을 돌아보고 더 멋진 삶을 그려보는 시간을 가져본다면, 사랑하는 연인도, 집에 있는 우리 아이들의 마음도 돌아오지 않을까 생각한다.

매력적인 사람은 남이 아닌, 자신을 사랑하는 사람이다. 사랑이란 이름으로 울고 불며 신파극을 찍는 배우가 아니라는 말이다. 유치원을 다니는 아이의 손에 풍선이 있다. 알록달록한 풍선을 보며 웃던 아이, 다른 손에 쥐어진 사탕을 먹다가 그만 풍선을 잡은 손을 놓게 된다. 울면서 하늘로 올라가는 풍선이 더 이상 돌아올 수 없음을 아는 순간, 울음은 그치고 그동안 보지 못했던 하늘을 바라볼 수 있게 된다. 찬란한 태양, 구름, 책에서 보던 양털 같은 구름을 비로소 보면서 또 다른 미소를 가질 수 있게 된다.

집착이라는 풍선을 놓을 때, 그때야 비로소 새로운 인연을

맛보게 됨을 알면 좋겠다.

없으면 안 될 것 같은 사람은 없다.

모든 것은 시간이 해결할 문제이다.

다만 손에 쥔 그 집착을 놓아야 하늘을 볼 수 있다.

내가 바라는 것은 손에 꽉 쥔 힘,

그 힘은 과연 누구를 위한 것인지 생각해 보여야 할 시간이다.

나를 위한 것도 아닌, 그를 위한 것도 아닌,

주인이 없는 힘으로 너무 힘들어하지 않기를 바래본다.

마음이 아플수록
아버지의 등이 되어 주어야 한다

"112 상황실입니다. 무슨 일이시죠?" 밤 12시, 경찰서로 전화를 걸었다. "시내 4차선 도로 중간으로 어떤 남자분이 걷고 있어요. 뒤에 오는 차량이 놀라 급정거를 하기도하고 너무 위험하게 보여 신고해요."

50대 초반의 남자. 그는 술에 취해 비틀거리는 모습이 아니었다. 그렇다고 흐느끼거나 울음을 머금은 얼굴은 더욱 아니었다. 어두운 옷을 입은 터라 미처 그를 보지 못 한 차량과 사고라도 날까 라이트를 끈 채 조용히 뒤에서 따르고 있었다. 그런 나를 의식한 듯, 그는 그냥 가라는 계속 손짓을 하였지만 나는 경찰이 멀리서 오는 것을 보고서야 그곳을 떠날 수 있었다. 가로등 불빛에 비친 그의 결연한 얼굴은 한동안 내 마음에 남아 있었다.

도대체 그에게 어떤 일이 있었던 걸까?

세상 살면서 참으로 여러 일을 겪게 된다. 행복한 경험, 아름다운 추억으로 미소짓기도 하지만 기대하지 않은 힘든 시간도 삶이라는 여행에 어김없이 찾아온다. 자존감조차 바닥에 떨어질 무렵 우리를 더 힘들게 하는 시간은 언제일까? 어쩌면 바로 억울한 일을 당할 때이다. 도로 위를 방황했던 그 남자 역시 억울함에 비틀거리는 순간을 내가 본 것은 아닐까?

세상을 살아가는 이유, 누구나 한두 가지씩은 가지고 있다. 하지만 그 이유를 만드는 사람으로부터 받는 감정, 억울함이 생길 때, 우리는 참을 수 없는 모멸감과 분노를 느끼게 된다. 억울함에서부터 생긴 분노는 사람의 몸과 마음을 메마르게 만든다.

내 잘못이 아닌데도 억울한 일을 당할 때가 있다. 억울한 일은 당하는 것은 자신이 똑똑하지 못해서거나, 현명하지 못해서 생기는 일이 아니다. 이해가 되는 고통이나 상처를 우리는 억울함이라고 표현하진 않는다. 즉 자신의 실수가 조금이라도 인정되는 일은 절대 억울한 일이 될 수 없다. 그런 일들에 대하여는 자신을 돌아보아야 한다.

하지만 아무리 생각을 해도 알 수 없고, 객관에 객관이라는 함수를 씌워 계산해보아도 억울이라는 답이 나온다면 그것은 억울한 것이 맞다. 이 억울함을 당할 때 우리의 몸과 마음은 정상적으로 작동되지 않는다. 더운 한여름, 시원하다 못해 추운 에어컨 아래에 있더라도 몸속에서 일어나는 화(火)는 온몸을 뜨겁게 달군다. 물을 마셔도 입안은 마르고, 스트레스는 기미가 되어 피부로 올라온다. 설상가상으로 찾아온 우울증이라는 마음의 독감은 집 밖을 나설 용기조차 없애기도 한다.

그럼 이런 억울함이 생길 때 우리 마음을 어떻게 다스려야 하는가?

결론적으로 억울함이란 천재지변과 같은 것이다. 너무 속상하지 않아야 한다.
예상하지 못한 그리고 쉽게 해결하지도 못하는 그야말로 마음에 천재지변이 일어난 것이다. 이때 들리는 모든 말은 정상적으로 들리지도 해석되지도 않는다. 타인의 말에 쉽게 상처받기도 하고, 모든 것이 자신의 잘못이라 여기며 마음에 심한 생채기를 내기도 한다.

심지어 나를 위해 해주는 주위의 이야기조차 가시가 있는 말로 들릴 이 시기에 대체 어떻게 해야 하느냐고 묻는다면, 나는 '자신을 지켜야 한다'고 말한다. 민감하고 여린 자아가 상처받았음을 이해하고 안아주어야 한다.

억울함에 상처받았을 때, 말문이 막혀 무슨 이야기를 꺼내야 할지 모른다. 반문하고 화를 내어야 할 상황에서의 침묵은 상대에게 동의나 인정으로 보여 일은 더 힘들어져 갈 수 있다. 말을 할까 말까 하다 결국 눈치만 보다 끝나는 관계가 되어서 안 된다. 나를 지켜야 하는 순간에는 반드시 나를 지켜야 한다. 비록 관계가 끝이 나더라도 마지막 순간, 말을 하고 자신을 표현해야 한다. 비록 상대방이 그 말을 받아주지 않더라도 어린 자아는 당신을 보고, 당신이 하는 말을 듣고 있다. 나를 보호하고 안아주는 말을 하는지 아니면 바보처럼 울고만 있는지, 자아는 말없이 보고 있다.

지금 당신에게 가장 소중한 사람을 생각해보라. 그 사람이 억울한 일에 혼자 울고 있다면 당신은 그에게 어떻게 할 것인가? 그 이유를 분석하고자 물어보고, 잘못됨을 바로잡으려 말할 것인가? 아니다. 말없이 안아주며 다독여 줄 것이다. 그것이 사랑하는 사람이 할 수 있는 행동이다. 그 사람이 바로 당신 안에 있는 자아라고 생각해보자. 이 세상 자기보다 소중한 사람이 없다. 마음이 아플수록 우리는 든든한 아버지의 등이 스스로 되어 주어야 한다. 즉 자아를 보호할 울타리가 되어야 한다.

이제부터는 억울한 일을 당했을 때 대처하는 방식을 다르게 해야 한다. 자아존중감이 높은 사람이 되어 자아를 지켜내어야 한다. 굴욕을 견디는 힘, 넘어져도 일어서는 힘의 원천 역시, 바로 자기를 존중하는 바탕에서 시작될 수 있다.

명심보감에 보면 이런 구절이 있다.

> "서로 알고 지내는 사람은 세상에 많지만,
> 내 마음을 알아주는 사람은 몇 명이나 되겠는가?"

세상에는 자기 마음을 알아주는 이가 매우 적다. 그렇기에 힘든 시기, 나를 지지해주고 스스로 결정을 내리게 도와줄 사람들과 어울리는 시간이 필요하다. 막막해할 때 새로운 관점을 제시해줄 친구를 만나는 것도 상실의 늪에서 빠져나올 방법이기도 하다. 힘들 때일수록 자기 주변을 정리할 노력이 필요한 것이다.

마음이 어지러울 때, 소주 한 잔, 수다 한마디도 좋지만, 우리의 영혼
이 정리할 시간을 주어야 한다. 조용히 오롯이 쉬어야 한다. 다시 회
복할 물리적 시간이 필요하다. 상처가 아물기 위한 절대적 시간이 필
요한 것처럼 말이다. 아무는 시간은 성숙이라는 부제의 또 다른 내가
태어나는 순간이라 믿어야 한다. 쉼이 머무르는 시간, 우리는 복기하
는 마음으로 자신을 돌아보기도 하고 겸손을 배우기도 하지만, 이 시
간에는 아무것도 하지 말고 오롯이 자신에게 쉼을 선물해야 한다.
어제 힘들었던, 길 한가운데서 억울함을 소리 없이 목놓아 울었던 그
의 가슴이 아물어 가고, 건강한 자존심으로 다시 세상 밖으로 나오길
기도해 본다.

가슴 시려 본 사람만이 세상을 더 아름답게 볼 수 있는 법이다.

아쉬움에 가슴 조이던
머언 먼 젊음의 뒤안길에서

지천명의 나이에 들어서니 세상이 점차 단순하게 보인다. 하루에도 오만가지의 생각을 하는 인간의 마음은 갈대와 같아서 어느 한 곳에 치우치지 않고, 소외감 없이 조화롭게 관계를 이어나간다는 것이 여간 어렵지 않았다. 그래서일까? 젊은 시절 수많은 방황과 이별을 가진 후에야 비로소 자신을 마주하게 된다. 오늘 아침 작은 에스프레소 커피잔 위로 흐르는 잔잔한 음악은 서정주 시인의 '국화 옆에서'를 생각나게 한다.

> 아쉬움에 가슴 조이던 머언 먼 젊음의 뒤안길에서
> 인제는 돌아와 거울 앞에 선 내 누님 같은 꽃,

이 구절을 읽을 때면 나는 마음이 아려온다. 마냥 싱그럽기만 했을 법한 젊음의 시간들, 시련을 거치며 비로소 지니게 된 성숙한 삶의 고요한 아름다움을 시인은 이렇게 표현하였다.

만약 과거로 돌아갈 수 있고 그때의 나에게 말을 전할 수 있다면 어떤 말을 할까 상상에 빠져본다. 방황의 소나기 아래에 서 있는 과거의 나에게 한마디 할 수 있다면 과연 어떤 말을 할까? 그리고 당신은 무슨 말을 남길 수 있을까?

세상 모든 것은 변하니, 변함에 너무 마음을 두지 마라

배움과 관계없이 우리는 이 절대적 진리를 잊고 사는 듯하다. 학교에서 배운 적이 없어 모른다고 할 수 있겠지만, 삶의 굴곡을 겪어본 사람이라면 그 뜻, 깊이를 공감할 것이다. 돈을 버는 것도 운칠기삼(運七技三)이라 때를 만나야 하고, 잃는 것도 모두 자신의 잘못만은 아닐 수 있다. 그런데도 우리는 지금 가진 것을 마치 평생 누릴 것처럼 살다가 운의 흐름이 멈출 때 엄청난 박탈감에 괴로워한다.

사람의 일도 크게 다르지 않다. 불교에서 말하는 오늘 마주하는 이는 수천 번의, 전생의 인연으로 비로소 만나게 된다고 한다. 하지만 그 어떤 인연도 완벽하지 않다. 그 완벽하지 않은 시간의 흐름 속에서 미련한 인간은 사랑할 때의 최고점만을 기억하고 평균값으로 매기며, 삶이 힘들 때 사람이 변했다고 믿고 슬퍼한다. 사랑이 최저점에 잠시 머문다고 할지라도 사랑인 것을 알지 못해 그것을 변했다고 말하고 인연의 마침표를 쉽게 찍어버린다.

완벽한 사랑을 꿈꿀 수는 있지만 그만큼 자신이 받는 상처에 이해할 수 있어야 한다. 세상 모든 것은 변하기에 상처받지 않으려면 너무 가까이 서있지 않도록 해야 한다. 건강한 거리를 두는 것이 때로는 현명한 삶의 지혜이다. 수주작처(隨主作處)라는 말이 있다. 언제나 깨어있어야 하고, 내 마음의 주인이 되어야 변하는 세상의 소용돌이에 빨려 들어가지 않을 수 있다.

비교라는 마음을 가지는 순간, 몸과 마음은 무거워진다

기분을 좋게 만드는 방법, 사람에 따라 다르기에 무엇이라고 정형화시키기가 참 어렵다. 하지만 반대로 기분을 좋지 않게 하는 방법은 그리 어렵지 않다. 누군가와 비교를 하거나 스스로 비교당하면 순식간에 소통은 불통이 된다. 심지어 자신과의 소통조차도 말이다. 절대 비교하지 말라고 하면 더 비교하고 싶은 것이 사람 마음일지는 몰라도, 비교라는 감정과 멀리하라. 이미 나는 나 자체로 독립된 인격이고, 나의 삶이다. 대신 누군가가 살아줄 수도 대신해줄 수도 없다.

비교 때문에 다른 사람의 시각에 삶을 맞추면 늘 불안하다. 쫓기는 시간 위에 살 수밖에 없다. 쫓기는 삶은 마음에 평온을 주지 못한다. 쉬어도 쉬는 것이 아니고 놀아도 노는 것이 아니다. 온전히 쉴 수 있어야 마음에도 근육이 붙는다. 마치 팔근육이 더 커지려면 운동 후 휴식이 더 중요한 것처럼 말이다. 비교하지 말고, 부러워 말고, 지금이 시간, 자체에 만족하는 습관을 가져야 한다. 내려놓는 연습을 하여야 한다. 어차피 인생은 공수레 공수거이다. 비교하면 스트레스가 쌓이고 그 독소는 몸과 마음을 더 무겁게 할 것이다.

행복을 찾는 연습을 하자

긍정만을 바라보라는 책이 있듯이 사람이 힘들 때일수록 나쁜 생각을 하게 된다. 더 상황이 악화되거나 가슴이 터질 것만 같은 기분이 들 때가 있다. 그럴 때 생각의 폭도 좁아져 정상적인 사고를 못 할 때면 희망은 좀처럼 보이질 않는다.

힘이 들 때는 주변에서 작은 희망이라도 찾는 시간, 그리고 그 희망 속에서 감사하고 기뻐하는 연습이 필요하다. 물가는 연일 오르고, 대출이자도 감당이 안 되어 찜통더위 속에서 선풍기 한 대로 온 가족이 살고 있다고 하더라고 그 안에서 희망을 찾는 사람들은 행복할 수 있다. 흐르는 땀방울이 눈을 타고 내려와 얼굴은 찡그려지더라도 아이들의 웃는 소리에 희망을 들을 수 있고, 퇴근 후 나를 반겨주는 강아지의 반짝이는 눈망울에서 사랑을 볼 수도 있다. 작은 감사는 행복으로 이어지고, 그 작은 행복들이 모여 희망이라는 감정이 우리의 마음에 자리 잡는다면 우리는 결국 더 행복하게 살아갈 수 있다.

마지막으로 어린 나에게 좋은 사람을 만나는 방법에 대해 덧붙여 말해주고 싶다.

"네가 먼저 좋은 사람이 되면 돼"

좋은 사람 곁에는 좋은 사람이 마치 자석처럼 모이는 법이다. 순수한 사람이 때로는 지루하게, 미련한 거북이처럼 보일 수 있겠지만, 그러한 거북이를 알아보고 모이는 수많은 인연은 아름답다. 특히 요즘처럼 SNS가 발달한 세상, 좋은 인연을 만드는 것은 어렵지 않다. 그냥 조용히 자기 일에 정성을 다해 살아가면 사람들은 모여드는 법이다. 그러니 자신을 먼저 앞세우지 말고, 남들 위하며 말을 아끼다 보면 언젠가는 좋은 사람들 사이에 함께 있는 자아를 찾을 수 있을 것이다. 세상 모든 일에 정답은 없다. 그래서 내 기준이 바로 서야 한다. 그러면 다른 기준들은 자연스럽게 조화를 이루어 줄을 설 것이다.

세상은 어렵지 않다. 정말 단순한 몇 가지 진리에 따라 움직이고 지금까지 이루어져 왔었다. 세상은 생각보다 단순하다.

상대가 알아주지 않더라도,
성내지 않으면 군자가 아닌가?

나는 생각한다. "날마다 깨달아 가는 순간의 이어짐이 삶이라고"

고등학교 교과과정을 마칠 즈음이면 살아가는 데 지장이 없을 정도의 지식을 가진다고 한다. 대학부터는 전공을 선택하게 되는데 남들이 잘 모르는 분야를 공부하게 되고 그것은 직장을 선택할 때 나침반과 같은 역할을 한다. 하지만 어떤 연유에서인지 사람들은 대학을 졸업하면서부터 배움으로부터 멀어지고 그리 목말라하지 않는 듯도 하다. 비록 교과서 중심에서는 벗어났다고 하지만, 우리는 여전히 삶이라는 학교에서 보고 느끼는 것을 복기(復棋)하는 자세로 살아야 한다. 앞서 말한 듯이 날마다 깨달아 가는 것, 그리고 그 순간들이 모여 비로소 인생이라는 한 작품이 완성된다는 것을 느끼고 있는 요즘이다.

코로나가 우리에게 가져다준 변화는 참으로 크지만, 교육에 대한 부분은 가히 혁신적이라 해도 될 만큼 상당하다. 기존 대면으로 만나 사람들의 숨소리를 듣고 오감(五感)이 사용되어 수업을 듣던 방식과는 달리, 작은 화면 너머로 보이는 얼굴, 목소리만으로 강의와 토론이 이루어지고 있다. 순기능을 보자면 시간을 절약하고, 물리적 공간의 제약을 극복한다는 것과 같은 장점도 있다.

온라인 강의실에 들어가 보면 참으로 여러 사람을 쉽게 만난다. 코로나가 한창이던 몇 해 전의 일이다. 정해진 일반 교육을 마치고 참석자 100명은 작은 인원으로 나누어진 방으로 이동되어 토론을 이어가고 있었다. 아직 서로를 잘 알지 못하는 터라 조심스러운 마음에 말을 아끼고 있는데, 좌장으로 지명된 사람이 있었음에도 한 사람의 목소리가 점차 크게 들려온다.

그의 말, 내용에는 틀림이 없었으나, 듣기에 그리 편하지 않았다. 그래서인지 그 방에 있던 사람들은 소리 없이 한두 명씩 퇴장하고 있었다. 말을 듣고 있던 나는 그때부터 그 사람을 유심히 지켜보았다. 왜 듣는 사람의 기분이 좋지 않을까에 대하여 말이다.

그는 가르치고 있었다.

그는 외적으로는 겸손을 표방하고 있으면서도 누구를 가르치는 모습이 너무나 강하게 느껴졌다. 그리고 다른 사람의 의견에 대하여 공감을 하기보다 자신의 판단이 정확하니 따르라는 인상을 주었다. 십여 분 정도 이야기가 진행될 무렵, 그 방에 있던 사람들 절반이 나가자 좌장으로 지명된 분의 반응이 자못 궁금하였다. 좌장은 그를 존중하면서도 다른 이들에게도 공정하게 발언권을 주려고 노력하였다. 다소 다혈질인 사람이었다면 그의 말을 중단하고 진행할 수 있었겠지만, 미소를 지으며 여유있는 모습이 참으로 존경스럽게 보였다.

남의 생각을 판단하려 들지 않아야 한다.

하루에 오만가지의 생각을 함에도 다른 사람이 나와 다른 생각을 한다고 해서 그것이 틀렸다고 하고, 그릇된 것이라 말하는 것은 무척이나 겸손하지 못하고 미성숙한 태도이다.

틀렸다고 말할 것이 아니라 다르다'라고 생각하고 상대를 존중해야 한다.

비호감의 인상을 받는 길은 생각보다 무척 간단하다. 적을 만드는 가장 쉬운 방법은 남을 무시하고 자신이 잘난 척하는 것이다. 특히 첫 만남에서 이런 행동과 모습을 보인다면 다음의 인연을 기대하기란 어렵다.

사실 사람은 누구나 생태적으로 심리적 우월감을 가지고 있다. 이에 대하여 미국 스텐퍼드 대학교 톰 길로비치 박사는 '웨비곤 효수효과'라고 해서 심리적으로 자신이 누구보다 똑똑하고 멋있다고 믿는다고 한다. 그렇기에 우리가 과도한 자존감을 내세우며 목소리를 높이는 것을 잘못된 것이라 할 수는 없다. 인간이 생태적으로 우월감을 가지고 있다지만, 우리는 공부를 통해 배워 그 마음을 다스려야 한다. 그

것이 바로 겸손이다. "인생은 한평생 겸손에 대한 오랜 수업이다"라는 말을 남긴 피터팬을 쓴 제임스 메리처럼 겸손을 끊임없이 생각해야 한다.

중국의 어느 장수의 이야기가 있다. 이 장수는 전쟁에서는 가장 먼저 선봉으로 나서며 병사들을 아끼었고, 승리하고 성으로 돌아올 때는 고생한 병사들을 먼저 환영의 행렬에 보내고 자신은 제일 뒤에 들어갔다고 한다. 이에 대하여 이 장수가 하는 말, "내가 아니라, 말이 잘 달리지를 못해서 뒤에 따라갔을 뿐이다"라고 겸손의 말을 하였다.

진정한 자존감과 겸손은 어쩌면 연결이 되어있지 않을까? 남들이 알아주는 순간에만 행복을 느낀다면 그것은 어쩌면 자존감이 낮은 사람들의 모습일 수 있다. 이에 대하여 공자는 논어의 첫 문장 중에서 이런 말을 하였다.

인부지이불온, 불역군자호
[人不知而不慍 不亦君子-乎]
상대가 알아주지 않더라도,
성내지 않으면 군자가 아닌가?

누구나 대단한 일을 한다.
상고의 황제로부터 전한의 무제까지
2천 년에 걸친 통사를 쓴 사마천의
사기가 아닌, 공자의 뜻을 따라 그의 말을
책으로 엮은 논어가 아닐지라도 각자는
나름대로 인생의 책을 써 내려가고 있다.

그러나 군자들은 자신의 글,
업적에 대하여 스스로 평가절하고
그의 말은 겸손하였다.

요즘처럼 세상 물정이 밝은 시대는 없었다. 말하지 않아도 자신이 생각하는 것 이상으로 다른 사람들은 이미 알고 있다. 그러므로 굳이 과도한 표현은 필요치 않다. 사랑함에도 표현하지 않는 것은 문제가 될 수 있을지 몰라도 인간관계에서 과한 자기표현은 오히려 친구가 아니라 적을 만드는 지름길이 될 수 있다.

"진정 겸손해지고 싶다면 자신이 자만하다는 것을 알아야 한다. 그 순간이 겸손의 시작이다"라는 말이 있다. 자신을 겸손하게 만들기 위해서는 우리가 얼마나 자만한가에 대하여 돌아보는 시간이 필요하다. 미국의 수많은 대통령 중에서 유일하게 4선을 한 대통령인 루즈벨트, 그의 회고록에는 성공하려면 질문하라고 되어있다. 비록 알지라도 한 번 더 묻는 말은 상대를 존중하는 의미임에 동시에 현상을 한 번 더 확인하며 겸손할 수 있는 현명한 방법이었다. 오늘부터라도 SNS를 통해 근거 없는 자만심으로 가득 찬 세상에서 진정한 공부와 겸손에 대하여 생각해 보는 시간을 가졌으면 한다.

둘,

있는 그대로를 사랑해주기

가슴 조이며 살지 마라,
세상은 생각보다 빠르게 흘러간다

세상이란 퍼즐 한 조각을 들고 있다면 그 퍼즐을 언제 어떻게 맞출지 알지 못한다. 그러기에 들고 있는 퍼즐의 무게에 지금 눌려서 살 필요는 없다. 세상을 어느 정도 살아 본, 지혜로운 사람들은 "여유를 가지고 게임을 즐기는 사람만이 결국 잘 산다"라고 한다. 비록 지금 퍼즐이 잘 맞지 않더라도 너무 애태우며 살지 마라,

우리는 어디로 흘러가고 있는가. 친한 선배 아버님이 소천하셨다는 소식에 조문하고 왔다. 며칠 만에 수척해진 선배를 보다가 울적한 마음에 돌아오는 길, 혼자 집 근처 포장마차를 찾았다. 소주 한 병을 시켜놓고 있는데 옆 테이블 어떤 부자(父子)의 모습이 눈에 들어온다. 저녁 무렵 일을 마치고 돌아온 면도조차 하지 못한 아버지 그리고 중학생으로 보이는 아들, 이들은 말이 없다. 십 분이 지나도 말소리가 들리지 않아 돌아보니, 아들의 손에는 핸드폰이 들려 있었고 무언가를 보고만 있다. 아버지는 그런 아들을 보며 말없이 고등어 살을 발라 아들 밥 위에 얹어준다. 혹여 가시라도 있을까 작은 눈을 찡그리면서, 그렇게 아버지는 아들의 침묵에 소주로 마음을 애써 달래고 있었다.

오늘 선배가 그토록 생전에 한 번이라도 더 보고 싶어했던 아버지의 모습, 그리고 오늘 본 부자의 모습, 여러 생각이 머리를 가득 메운다. 비록 기억을 못 하겠지만, 선배 역시 어렸을 적 이럴 때가 있지 않았을까? 왜 그때는 아버님에 대한 마음이 없었을까? 어째서 아주 오랜 시간이 지난 후에서야 진심이라는 것을 보게 되는 것일까? 소년 역시 시간이 흐르면 그때서야 흑백영화를 보듯 아버지가 자신을 바라보는 모습을 기억하게나 될는지, 그때 흐르는 눈물이 오늘 장례식장에서 흘린 선배의 눈물보다 많지 않았으면 좋겠다.

가슴 조이며 살지 말자. 바람보다 더 빠른 세상 움켜잡으려 할수록 손가락 사이로 세월은 빨리 도망간다. 진심을 가지고 오늘을 살아보자. 마치 내일이 없는 사람처럼 오늘. 내가 가장 아끼는 사람에게 가식이 아닌 진심으로 함께 시간을 보내보자.
단순하게 살수록 가질 수 있는 수많은 것들이
행복으로 다가올 것이다.

기적이 필요한 사람들에게
필요한 것은

새벽 5시, 한 통의 전화가 걸려온다. "선생님, 큰일 났어요" 떨리는 목소리, 수화기 너머로 전해지는 느낌은 두려움, 그 자체였다. 그녀는 부산에 사는 30대 여성으로 아직 만난 적은 없지만 내가 진행하는 온라인 수업을 신청한 학생이다. 그런 그가 이런 새벽에 전화한 것은 참으로 뜻밖이었다. 밤새 한숨도 자지 못하여 시간을 미처 보지 못하였던지, 어쩌면 시계 볼 여유조차 없었던 것 같다.

그녀는 아이들을 가르치는 선생님. 보이스피싱에 대하여 다른 이들보다 더 잘 알고 있었지만, 정작 어머니께서 피해자가 된 것이었다. "마치 네 목소리처럼 들려서 시키는 대로 다 했어. 정말 너인 줄 알았다니까"라고 하시는 어머니에게 상상하지도 못할 일들이 벌어졌다. 불과 몇 분 만에, 통장에 있던 돈뿐만 아니라, 현금서비스, 대출통장까지 4개가 만들어졌다. 현재까지 확인되는 피해 금액만 천만 원이 넘어가는 그리고 문제는 앞으로 얼마만큼의 피해가 있을지에 대한 공포였다. 보이스피싱의 정교함으로 주말을 앞두고 벌어진 일이라 은행뿐만 아니라 다른 기관에서의 움직임도 느릴 수밖에 없었다.

돈도 큰일이지만 문제는 공황상태에 있는 어머니였다. 밤새 우시며, 모든 것이 자신의 잘못이라는 어머니를 두고 그녀는 자신의 아이들이 있는 집으로 차마 돌아가지 못하였다. 혹시라도 나쁜 생각을 하실지 몰라 어머님을 곁에서 지켜야만 했었다. 이런 상황에서 그녀는 나에게 다이얼을 돌렸던 것이다. 어떻게 대처하면 좋을지가 아니라 그녀는 그 순간, 무엇이라도 붙잡고 싶었던 것 같다. 그녀는 마음이 숨쉴 공간이 필요했다. 떨리는 목소리 사이로 내가 건네야 할 말은 무엇일까? 수많은 상담이론이 영화의 필름처럼 지나가고 있었다.

그들은 이미 답을 알고 있다.

비록 정답은 아니라 할지라도 무엇이라도 잡고 싶고 기대고 싶은 힘든 이들은 마음을 나누고픈 사람에게 말을 건넨다. 그러기에 누군가 힘들 때 너무 객관적으로 대해서는 안 된다. 절벽의 끝에 있는 사람, 위로를 듣겠다고 손을 내미는 사람을 더욱 궁지로 몰아서는 안 되는 것이다. 힘들 때의 좋은 말은 길을 잃은 이에게는 어둠에서 나올 수 있는 동아줄과 같다.

세상에는 기적이라는 것도 있기에, 해결할 방법이 반드시 있을 거라는 말로 그녀를 안심시켰고, 어머니 곁에 있기를 부탁하였다. 그녀는 내가 말한 대로 어머니께도 하얀 거짓말을 조금 보태어 무사히 주말을 보냈다. 그로부터 며칠 후, 그녀에게서 다시 전화가 온다. "선생님의 말씀처럼 기적이 일어났어요. 경찰분들도 이런 경우는 잘 없다는 데, 통장에 돈이 아직 모두 인출되지 않고, 일부만 인출되었다고 해요. 나머지는 차츰 해결하면 될 것 같아요" 그리고 그녀가 덧붙인 말, "돈도 돈이지만 선생님의 그 선한 말이 정말 기적을 일으킨 거 같아요. 말의 힘이 정말 있네요. 그리고 선한 거짓말은 진실이 되어 어머니를 살렸어요. 만약 그때 너무 현실적으로만 말했더라면…. 생각하기도 끔찍하네요. 고맙습니다."

세상을 어느 정도 살아본 사람은 삶이 그리 대단한 것도 그리 복잡한 것도 아님을 안다. 그러기에 경험을 통해 정제된, 단순한 삶의 철학으로 사람들을 만나고 자신의 가치를 지켜나간다. 이러한 행복의 논리를 잘 아는 사람조차도 시련이 닥칠 때면, 삶이 한순간 복잡해진다. 단순함으로 가볍게 살아온 날들이 하루아침에 전쟁터로 변한다.

여름철 잘 익은 수박 표면처럼, 삶을 겉으로만 보면 모든 이들이 편하게 살아가는 듯 보인다. 하지만 진실은 그렇지 않다. 인간으로 태어난 이상, 걱정 없는 사람은 없고, 시련 없이 삶을 마감할 수 있는 사람은 존재하지 않는다. 사람을 뜻하는 한문, 사람 人을 보면 마치 두 나뭇가지가 서로 의지하며 서있는 듯 보인다. 어느 하나가 너무 많이 기울면 제대로 균형을 잡지 못하고 쓰러질 것이다. 그러기에 삶, 그 자체는 균형을 맞추며 하루하루 이어나가는 묵언 수행일지 모른다.

서로 기댈 수 있으려면, 시끄러운 세상 속에서도 심(心), 평온을 찾기 위해서는 무엇이 필요할까? 바로 따스한 말이다. 박노해 시인이 '말의 힘이 삶의 힘'이라고 한 것처럼, 희망이 있으면 어떤 어려움 속에서도 사람은 살아갈 수 있다. 그렇다면 희망을 무엇으로 전할 수 있을까 고민해본다. 멋있는 식당에서 따뜻한 식사 한 끼, 저녁 해 질 무렵 막걸리 한 잔 모두 좋지만, 희망은 생각보다 어렵지 않다.

진심이 담긴 말에는 희망의 씨앗이 숨겨 있다. 그래서 말에 혼을 담고 믿음으로 포장해 준다면 힘든 이의 어깨는 어제보다 더 가벼워질 수 있다. 비 오는 저녁, 내리는 빗소리에 자신의 울음을 묻어보려는 이가 있다. 세상 사람들이 자신의 슬픔을 눈치채지 못하도록 그들은 조용히 눈물을 빗소리와 함께 흘려보낸다, 그들의 가슴은 구멍이 뚫려 있다. 마치 구멍 난 하늘, 그치지 않는 비처럼 말이다. 그런 그들이 혹시라도 곁에 있다면 우리가 해야 할 일은 "정신 바짝 차려야 해, 이제부터 시작이야"라는 객관적인 말이 아니라, "잘될 거야, 내가 기도해줄게. 언제라도 필요하면 연락해"라는 짧지만 따스한 말이다.

신(信)은 인(人)자에 말씀 언(言)이 합쳐진 글자이다. 사람이 하는 말에는 신뢰가 있어야 한다. 어떤 상황에서도 믿어주고 기다려줄 거라는 믿음, 그 믿음이 희망이 되고, 힘든 이들에게는 최고의 선물이 된다.

가을이 시작되는 아침, 공기가 시원해지고 있다. 지난여름 무더웠던 기억도 지나가는 추억으로 넘어가고 있다. 보이스피싱으로 힘들었던 순간 슬기롭게 잘 이겨낸 선생님을 응원하며, 그에게 이렇게 전하고 싶다.

"세상만사 새옹지마(塞翁之馬),

무엇이 좋고 무엇이 나쁜지 지금 우리가 판단할 수 없습니다.

모든 일은 때가 되어 열리는 열매와 같은 법,

우리가 온도를 조절할 수도,

내리는 빗물을 맞추기도 어려운 법이지요,

당신의 잘못이 아닙니다.

그러니 오늘 평온하게 하루를 맞이하고, 잘 보내주세요,

그러다 보면 또 웃을 날이 다가올 거니까요"

삶의 결이라고
들어본 적 있는가?

결이라면 '성품의 바탕이나 상태' 정도로 우리나라 국어사전은 표현하고 있다. 결이라는 말이 커피처럼 흔한 단어는 아니라 할지라도, 그보다 진한 각자의 향을 가지는 것이 바로 사람의 결이다. 헤어짐의 아픔을 수차례 겪은 한 배우가 "더 이상 결이 맞지 않는 사람과는 살기 어려울 것 같다"라고 인터뷰를 했다. 인생의 굴곡을 수없이 겪으며 많은 사람들 또한 만나 보았을 그녀, 남다른 안목도 있었으리라 생각됨에도 불구하고 헤어짐의 고통을 겪는 이유는 무엇일까? 그녀에게 가장 중요한 것은 재물도, 사회적 지위도 아니라 바로 '결'이었음을 이제야 아는 이유는 무엇일까?

예전 미국인 교수와 함께 우리나라 한(恨)에 대하여 논문을 발표한 적이 있다. 외국 사람들이 이해하지 못하는 대표적인 우리말이 있다면, 한(恨) 이외에도 화병(火病)이 있다. 비단 한국인들에게만 존재하는 듯한 화병(스트레스를 참는 일이 반복되어 발생하는 일종의 신경성 신체화 장애를 일컫는 말)과 같이 결 또한 어떤 식으로 그들에게 설명할 수 있을지 생각해본다.

결, 어떻게 보면 영어로 Chemistry가 아닐까 한다. 우리는 흔히 결이 같은 사람을 두고 궁합이 잘 맞는다고 한다. 영어에서 궁합이 잘 맞는다는 말을 "We have good chemistry"라 하는 것처럼 화학적 반응이 잘 맞는다는 말, 과학적으로도 설명이 될 듯하다. 굳이 많은 말을 하지 않아도 이심전심이 될 수 있는 사이, 그런 사이에 우리는 편안함을 느낀다. 창 넓은 찻집에서 따스한 차 한 잔이면 행복하고, 말을 전하지 않더라도 어색하지 않은 사이, 일렁이는 눈빛만으로도 아픔이 전달되고 기쁨을 함께할 수 있는 사람이 바로 결이 비슷한 사람이다.

같은 혈액형을 가진 사람이나 비슷한 MBTI 유형의 사람만을 만난다면 당신의 사고를 쉽게 이해할지 모르겠지만, 아쉽게도 우리는 각기 다른 환경에서 살기에 결이 비슷한 사람만을 선택적으로 만나기란 쉽지 않다. 그럴 때 우리는 어떤 모습으로 그들을 대하는가? 그리고 그들에게서 느껴지는, 지울 수 없는 이질감으로부터 우리의 감정은 안전한가?

직장이란 개념이 생기면서부터 이직 사유, 부동의 1위는 바로 사람들과의 관계성 때문이었다. 결이 잘 맞는 사람들과의 우정과 의리로 직장을 다니다가, 결이 맞지 않는 몇몇 사람들과의 결정적인 사건으로 사표라는 결재 서류에 도장을 찍기도 한다. 직장처럼 반드시 만나야 하는 사이가 아니라면 선택은 매우 간단하다.

안보거나 피하거나,

우리의 마음은 금세 평온을 찾을 수 있다. 하지만 직장이나 어느 기간 반드시 함께해야 한다면 대면조차 힘든 시간, 고통이 스멀스멀 다시 올라온다.

그렇다면 결이 맞지 않는 사람들에게서 평온을 찾을 방법은 무엇일까? 가장 쉬운 방법은 바로 그들과 멀어지는 것일 테지만 그러면 결국에는 혼자 살아가야 하는 결과까지 도출될지 모르는 일이다.

지난 과거, 나름대로 그들로부터 마음의 안정을 찾았던 내 소심한 노하우는 그들과 보이지 않는 경쟁에서 이기거나, 내면의 감정 우월선상에 있는 것으로 위로 삼으려 했다. 이해하려 하기보다 그들과 보이지 않는 전쟁을 선택한 것이었다. 쉽게 말해 결을 이분법적으로 구분하여 나와 맞거나 맞지 않는 것으로 보려 했었다. 하지만 세월이 흐르며 삶이라는 긴 소설을 볼 때 누구든 영원히 결이 맞을 수도 없으며, 또한 결이 맞지 않는 사람과 함께한 시간 속에서도 배울 점은 반드시 있다는 사실이다.

30년 전의 일이다. 결혼 후 주택에서 잠시 산 적이 있었다. 아파트와 달리 주택은 주차문제로 이웃과의 언쟁이 오갈 수 있다. 그 당시 앞집에는 트럭을 운전하시는 50대 아저씨가 살았고, 좁은 골목에 항상 주차하였다. 나름 붙여 놓아 충분히 나갈 것으로 생각했던지, 일이 있어 늦게라도 들어오는 날은 언제나 그는 골목 입구에 주차하였다. 집에 들어가기 위해 차를 빼달라 하면 운전도 못 한다면서 핀잔을 주는 그와 언성을 높여야만 했었다. 결이 맞지 않는 사람의 대표적 인물로 나는 그를 기억한다.

하지만 나는 그와의 언쟁을 멈출 수 있었다. 침묵이 그 방법이었다. 그의 매너 없는 태도에 그때마다 반응하지 않고 침묵으로 대답하였다. 그 침묵에 오히려 그는 반응하였고, 반면 나는 마음의 평화를 찾을 수 있었다. 그리고 2년 후, 그는 이사하였고, 그 무렵, 내 운전 솜씨는 눈을 감고도 할 정도로 늘었다.

결이 맞지 않은 사람을 대하는 노하우, 거시적으로 삶을 내려다보면 오늘의 스트레스가 그리 크지 않을 수 있다는 것이다. 그리고 "내가 그를 만난 이유 또한 반드시 있으리라는 생각"으로 스트레스를 다르게 해석하는 것이다. 어쨌든 그 덕분에 '후진 주차의 신'이 되었다.

삶이라는 큰 그림을 볼 수 있고 지금의 고통을 '지나가는 바람'이라 해석할 수만 있다면 우리는 어제와 또 다른 오늘을 맞을 수 있다. 삶의 결이 다른 사람과의 시간을 피할 것만이 아니라 때로는 그 안에 숨겨진 교훈을 찾을 수 있었으면 한다.

신이 우리에게 건넨 행복이라는 선물상자를 열기도 전에 시련이라 포장된 겉모습에 놀라 겁만 먹고 있다면, 우리는 같은 시련을 같은 방식으로 풀지 모른다. 데자뷰와 같은 헤어짐을 겪지 않으려면, 같은 실수를 반복하지 않으려면 우리는 복기(復碁)하는 자세로 자신의 결을 보아야 한다.

나의 결을 아는 것, 그것이 선행되어야 다가오는 인연의 결 또한 잘 알 수 있다. 결을 아는 사람만이 사랑하는 사람을 곁에 둘 수 있음을 알아야 한다.

상실에 대한 두려움.
누구도 우릴 구해주지 않는다

글 쓰는 일이 두려울 때가 있다. 그 이유는 내 마음을 누군가에게 들키는 것 같아, 혼자 쓰는 노트에도 적기 힘들다. 정말 사람이 힘들 때는 몸이 마치 누수가 되는 것처럼 스믈스믈 빠지는 시간에 아무것도할 수 없다. 말 그대로 깨진 유리병처럼 세어 나가는 듯한 기분을 느낀다.

힘들다는 말을 소리죽여 종이 위에 말없이 적으며 흐르는 눈물을 닦아도 보지만, 전달되지 않을 내 말은 허공 속에서만 맴돌다 지쳐 다시 바닥으로 가라앉는다. 정화되지 못한 내 감정, 초라하게 남아 있는 안쓰러운 모습에 냉장고 안, 남은 소주병을 찾기도 한다.

사람들은 누군가를 사랑할 때, 생각보다 많은 책임과 고통을 준비해야 한다는 사실을 늦은 나이에서야 깨닫는다. 성숙한 사랑을 해보지 못한 사람은 이기적인 사랑에 익숙하다. 주는 것보다 받기만 바라고, 말하지 않더라도 모든 것을 알아주길 바라는 형태로 사랑을 기대한다. 그것이 마치 사랑의 정석인 것처럼 말이다.

헤어지는 것보다 무서운 것은 상실에 대한 두려움이다. 지금까지 함께 해온 시간들, 주말이면 함께한 루틴들에서 벗어나는 것, 그리고 익숙했던 장소를 이제는 혼자 가야만 한다는 외로움에서 우리는 상실의 두려움을 제일 먼저 맛본다.

아프다. 소중한 것을 잃어버릴까 하는 상실에 대한 두려움이 가장 아프다. 한 번이라도 아파본 사람은 경험이라는 내성이 생겨 아프지 않을 것도 같지만, 사람은 망각의 동물이라 다른 사랑을 하게 되면 쉽게 잊혀지는가 보다. 언제가 되어야 마음이 무뎌지고 아프지 않을 수 있을지….

살아있는 것은 모두 아프다.
죽은 것은 변하지 않는다. 움직이지 않는다. 그러므로 살아있음에 아픈 것이다. 그것이 성장의 움직임이든, 노화의 변화이든 살아있는 것은 움직이고, 움직이는 모든 것은 아픔을 동반한다.

상실의 두려움으로 힘든 사람에게 치명적인 약점은, 바로 그들에게 두려움을 이길 힘이 없다는 것이다. 힘이 없는 대신, 없어도 될 욕심과 바램으로 마음은 가득 찬다. 금이 간 유리병이지만 아직 사랑을 담을 수 있다는 생각에 변함없이 사랑을 담고 미움을 보태며, 스스로 아픔을 만들기도 한다.
세상 누구도 구해주지 않는다. 두려움을 만드는 사람은 원수도 아니고 나쁜 사람이 아니다. 바로 우리의 마음이다. 지나간 날에 살지 말고 다가오는 미래에 마음을 두지 말자, 비록 찢어지는 마음이라 할지라도 과거에만 잡혀 산다면 오늘이 없고, 내일만 생각하면 상실에 대한 박탈감으로 오늘을 살 수 없을지 모른다.

누구도 우리를 구해주지 않는다. 저녁마다 흐르는 눈물로 베개가 젖는다면 그만 울어보자.

그 대신 그냥 펜을 들어보자.
종이 위에 온 마음을 부어보자.
타는 양초가 그렇듯이,
상실감의 두려움 역시 녹여질 것이다.

이미 용서했더라도
애미를 용서하거라

"코로나로 인하여 조문은 받지 않습니다"라는 말로 끝을 맺는 문자, 요즘 들어 자주 받곤 한다. 지천명의 나이, 아직은 자식 결혼 소식보다는 문상 가는 일이 더 많다. 며칠 전만 하더라도 어릴 적 친구들과 부모님을 여읜 슬픔을 나눈 일을 생각해보면, 철드는 것과 관계없이 세월은 쉬지 않고 잘도 가는 듯하다. 장례식장에서의 상주 얼굴은 대부분은 수척하고 눈망울에는 세상을 잃은 듯한 서러움이 느껴진다. 그야말로 "뭐라고 말해야 할지 모른다"는 말이 적합하다. 하지만 때로는 다른 모습을 볼 때도 있어서 세상 살아가는 방식이 각기 다름을 느끼기도 한다.

"당신은 나에게 너무 많은 것을 요구했어, 내가 받은 거라고는 제대로 된 졸업장 하나 없는데…. 정말 피땀을 흘려 여기까지 왔는데 너무 바라는 것이 많으셨어." 돌아가신 아버님의 영정 앞에 그의 통명한 목소리가 들려온다. 흔히 말하는 자수성가한 30년 지기 친구에게 그간 어떤 사연이 있는지 모르나, 떠나보낸 아버님과 애틋한 정(情)이 없었던 것은 확실하였다.

보이는 것이 전부가 아닌 세상에 사는 인간인지라, 단정 지어 그 친구를 함부로 생각할 수는 없다. 하지만 이 세상 가장 가까운 분, 이승에서의 마지막을 그렇게까지 할 필요가 있을까 하는 아쉬움은 돌아오는 길 내내 머리에서 떠나지 않았다. 세상이 그리 길지 않음을 그리고 그 역시 언젠가는 그 자리에 서게 될 것을 왜 그리 매정하게 당신을 떠나보내야만 한 것인지를 말이다.

세상 어느 부모가 자식에게 무엇이라도 해주고 싶지 않겠는가? 머리카락을 잘라 돈을 마련해 자식들 고기반찬 해주고 싶고, 피라도 뽑아 팔 수 있다면 어지러움으로 쓰러질지언정 새끼들의 해맑은 웃음소리 한 소절에 만족하는 것이 우리 부모님의 마음이 아니겠는가? 최소한 내가 배운 부모님의 사랑은 그러하였다. 그러나 무엇이 바르게 사는지도 혼돈되는 세상, 부모와의 사이도 예전과 사뭇 다른 것 같다.

부모는 당신의 거울이다

세상에서 태어나 제일 먼저 보는 사람들은 바로 부모이다. 울음으로 모든 것을 표현해야 했던 시절, 아버지의 듬직한 등에 업혀 새근새근 잠자며 남자를 처음 알게 된다. 남들 시선은 중요하지 않고, 내 새끼 배고플까 봐 당신의 가슴에 얼굴을 묻게 만든 어머니, 당신을 통해서 사랑을 알고, 세상을 경험하게 된다. 자식 하나둘 낳으면서 점차 무거워지는 어깨 위 짐의 무게, 저녁이면 막걸리 한 잔에 시름을 잊으려는 부모님의 한숨 소리를 우리는 보지 못하였고 듣지 못하였다. 어쩌면 바라기만 했었던 철없는 시절이었기 때문이었으리라.

친구네 부모를 부러워하며 내가 가진 것이 적음을 은연중에 말하는 그 시간 속에서 우리네 부모님의 여린 마음에 생채기가 나고 또 새살이 돋아났을 일은 계속되었을 것이다. 나이가 들면서 비로소 알게 되는 것들을 '그때 알았더라면'이라는 후회가 가슴에 밀려온다.

부모를 선택해서 태어날 수 있다면 얼마나 좋겠냐는 생각, 한 번 정도 해보았는가?
부모도 우리가 선택해서 태어난다. 인도에서는 자신이 전생에서 마치지 못한 일을 마무리 짓기 위해 이승에 태어난다고 믿는다. 그 일의 완성을 위해 적합한 부모를 당신이 선택한 것이다. 고행의 길 끝에서 얻는 그 무엇의 완성을 위해 당신이 부모를 선택하여 태어난다고 말이다. 그러므로 부모를 잘 모시는 일은 곧 자기를 위하는 일이라 해석하기도 한다.

부모에 대한 의미는 동서양, 고금을 막론하고 가장 진실한 테마이자, 너무 늦게 풀리는 숙제이다. 시인 킴벌리 커버거의 <지금 알고 있는 걸 그때도 알았더라면>라는 시를 보면 어릴 적 미처 알지 못했던 과거의 아쉬움을 엿볼 수 있다.

더 많이 놀고, 덜 초조해했으리라
진정한 아름다움은 자신의 인생을 사랑하는 데 있음을 기억했으리라,

부모가 날 얼마나 사랑하는가를 알고 또한 그들이 내게 최선을 다하고 있음을 믿었으리라

세상 부모 대부분은 표현의 차이일 뿐 자신의 목숨보다 자식을 더 사랑한다. 최선을 다하고 있다는 표현이 오히려 인색하게 느껴질 만큼 말이다. 만약 그렇지 않은 부모를 모시고 있다고 말하는 이는 표현방식이 조금 다를 뿐이라 여겨도 좋을듯하다.

부모 역시 사람이었기에 때로는 후회를 하기도 한다. 그렇지만 그 또한 자식을 위함이었을 것을⋯. 여기에 삶을 마감하는 순간에도 자식에게 더 해주지 못했던 후회가 담긴 임태주 시인의 어머니의 마지막 편지에서 애틋한 어머니의 정을 느낄 수 있다.

너 어렸을 적, 네가 나에게 맺힌 듯이 물었었다. 이장집 잔치 마당에서 일 돕던 다른 여편네들은 제 새끼들 불러 전 나부랭이며 유밀과 부스러기를 주섬주섬 챙겨 먹일 때, 엄마는 왜 못 본 척 나를 외면했느냐고 내게 따져 물었다. 나는 여태 대답하지 않았다. 〈중략〉 생각할수록 두고두고 잘못한 일이 되었다. 내 도리의 값어치보다 네 입에 들어가는 떡 한 점이 더 지엄하고 존귀하다는 걸 어미로서 너무 늦게 알았다. 내 가슴에 박힌 멍울이다. 이미 용서했더라도 애미를 용서하거라.

자식은 부모의 마음을 보지 못하고 비로소 부모가 되어서야 지금껏 받기만 했던 사랑의 크기를 실감하고, 그 존재 자체만으로 감사하게 된다.

더 늦기 전에 이제라도 무엇이 소중한지, 어떻게 하루하루를 사는 것
이 바르게 살아가는 것이지 부모님에게 찾아가 허리를 숙이고 귀를
기울여야 한다. 세상 흐름을 모른다고 타박하고 무시하는 것이 아닌,
조건 없는 사랑으로 숨을 멈추는 그 날까지 당신만을 바라볼 유일한
사람에게 이제는 따스한 눈빛으로 보답을 해드릴 시간이 온 것이다.

뿌리가 튼튼해야 열매도 잘 열리는 법이다. 뿌리에 물을 주는 것을
무시하고 열매나 꽃이 예쁘게 열릴 것을 기대하는 것은 어리석은 일
이다.

더 늦기 전에 알았으면 좋은 일, 가을의 낙엽 소리가 벌써 들려오는
듯하다.

세상에서 가장
어리석은 사람은 누구인가?

세상 가장 어리석은 사람은 누구일까라는 질문에 내가 할 수 있는 답
은 무엇일지 생각해본다. 예전 같으면 배움의 끈이 길지 못한 이들이
라 쉽게 말할 수 있을지 몰라도, 요즘처럼 의지만 있으면 얼마든지
그리고 무엇이라도 배울 수 있는 세상에 사는 우리에게 단순한 학력
의 의미로 '어리석음과 현명함'의 경계를 짓기란 어려운 일이다.

지천명 초입에서 내가 생각하는 어리석은 사람은, 할 수 있는 것과
할 수 없음을 구별하지 못하는 사람, 그 간극에서 스스로 마음을 지
옥으로 만드는 사람들이라 할 수 있다. 이 세상 천지창조가 될 당시,
어떤 이의 의지로 만들어지지 않았듯이 세상 만물이 우리의 뜻대로
만 이루어질 수는 없다. 그렇기에 '할 수 없음'이란 반드시 존재한다.

감이 먹고 싶다고 감나무 밑에서 순진한 얼굴로 감이 떨어지기만 바
라는 사람이 있다면 어떻게 생각하는가? 감이 다 익으면 나무라도 흔
들어서, 나무에 올라가서 따기라도 하겠지만 아직 익지도 않은 감을
홍시로 먹길 바란다면 그것은 어리석은 사람이다. 세상 그것을 모르

는 사람이 어디 있겠느냐는 말을 하겠지만 정작 자신의 모습을 바로 보지 못하는, 감나무 밑에 사는 사람들이 적지 않다.

감나무 역시 시간적, 물리적 환경이 조성되어야만 바로 익듯이, 사람과의 관계도 마찬가지이다. 어머님께서 늘 하시는 말씀, "모든 일은 시와 때가 맞아야 되는 법, 너무 애태우지 말고 살아라" 시절인연에 대하여 강조하시곤 한다.

사람이 만나는 일도 인연이고, 헤어짐 역시 인연인 것을 애태우며 살 이유가 전혀 없는 것이다. 하지만 사람에게 그것이 어려운 이유는 사람과 사람 사이에는 추억이라 말할 수 있는 애착과 지나간 집착이 있기 때문이다.

마음이 타는 듯한 경험을 한 적이 있는지 모르겠다. 적어도 삶을 어느 정도 살아본 사람이라면 일 년에 한두 번씩은, 아니 매달 겪는 경험일지 모르겠지만, 한 번도 하지 않은 사람은 없을 것이다. 마음이 타는 것은 속이 탄다는 의미이다. 즉 자신이 바라는 현상이 되지 않기에 마음이 현실에 적응하지 못해 저항하는 상황이다. 모든 변화에는 저항이 있다. 지금까지의 패턴에서 벗어나 새로운 삶을 살아야 한다고 생각할 때 우리의 몸과 마음은 먼저 저항이 시작된다. 그것은 당연한 현상이다.

현명한 사람들은 이러한 저항을 자연스럽게 받아들인다. 그릇도 때가 되면 깨어지고, 꽃도 시기가 되면 피어나는 것처럼 인연에 대한 통찰력을 가지고 있기 때문이다. 인연이라는 화두 앞에서 세워둔다면 인간이 할 수 있는 일은 크게 없다. 다만 조금이라도 지나가는 인연을 잡고 싶다는 어리석은 생각에 사로잡힐 뿐,

내 마음 안에 천국이 없으면, 세상 누구를 만나도 천국이 될 수 없음을 아는 사람이 가장 현명한 사람이다. 할 수 없는 일에 온몸으로 저항하며, 밤잠을 설치며 온정신을 쏟아붓는 사람이 가장 어리석은 사람이다. 근심을 걱정으로 해결할 수 있다면, 우리의 마음은 어제보다 덜 힘들지에 대한 무덤덤한 질문에 다시 찻잔을 들어본다.

손주의 가르침

마음속 스트레스 원인은 무엇인가? 아마도 이 질문에 여러 답이 나올 테지만 얼마 전 알게 된 어느 심리학자의 말이 기억난다, 그가 말한 답은 바로 '풀지 못한 욕구'라는 것이다. 이 답을 어떻게 생각하는가? 인간은 사회생활을 하며 제한된 시간과 물질들 속에서 자신에게 도움이 될만한 선택과 결정을 하게 되고, 그 결과치를 마치 인생 성적표인 것처럼 여기며, 때로는 남들과 비교하게 된다. 그 안에서 뿜어져 나오는 '풀지 못한 욕구'로 밤을 지새우기도 한다. 이러한 욕구는 경험이나 다른 방법을 통해 어느 정도 정화될 수 있다지만 여전히 가장 쉬운 방법은 독서라고 많은 학자는 입을 모은다. 하지만 나는 오늘 새로운 시각에서 책을 말해보고자 한다.

"사람들은 왜 유자서(有字書)만 읽고 무자서(無字書)는 읽지 않는가?"

〈채근담 외편〉

보통 활자로만 된 글만 읽고, 글자로 보이지 않는 글은 읽지 않는다는 말이다. 여기서 말하는 무자서란 자연이나 삶, 사람을 두고 하는 말일 수 있다. 즉 자연에서 느끼고 배우는 삶의 지혜가 있을 수 있고, 다른 사람에게서 배우는 교훈이나 타산지석으로 내 삶을 돌아보는 시간일 수 있다.

며칠 전 만난 선배에게서 귀한 무자서 한 편을 접할 수 있었다. 어린 손자를 보고 싶었던 선배는 오랜만에 아들 집을 방문하였다. 코로나의 영향으로 아들의 생활은 갈수록 팍팍해지는 터였지만, 손주가 너무 보고 싶어 집에 들어섰다. 며느리는 저녁을 차리고 있었고, 손주는 할배에게 자랑스러운 듯 가지고 놀던 퍼즐을 꺼내 들었다. 십여분이 지나고 어느 정도 꽃병 모양의 퍼즐이 완성되어 갈 무렵, 손주를 흐뭇한 미소로 자랑하듯이 말한다. "나 똑똑하지, 꽃병 다 맞추었어요" 퍼즐을 보자 선배의 눈시울은 갑자기 뜨거워졌다. 몇 해 전, 옆집에서 얻었다는 퍼즐, 마지막 두 조각이 없었음에도 손주는 해맑게 웃으면서 자랑을 한 것이었다. "할배가 새 퍼즐 사줄게"라고 말하자, 네 살 손주는 이렇게 대답한다.

"왜 퍼즐이 꼭 다 맞아야만 하는가요?
이미 꽃병은 완성되어 보이는데요"

이 무자서는 작년 한 해 내가 읽었던 수많은 베스트셀러보다 더 진한 감동을 전해주었다. 그리고 그동안 '풀지 못했던 욕구'가 가슴 속에서 하나둘씩 씻겨 내려감을 느낀다. 일반화라는 사고의 틀에서 벗어나 새로운 시각으로 세상을 볼 수 있다면 우리가 이미 가지고 있는 것들

이 더 많음을 알 수 있고, 지금 겪고 있는 고통의 시간들도, 귀한 경험으로 승화될 수 있음을,

인간은 누구나 자신이 아는 만큼만 보는 법이고, 경험한 만큼만 진리로 인정하는 법이다. 그러기에 나이가 들어감에 배움에 유연하지 못하고 딱딱한 고체화되어가는 사고를 자신의 철학이고 진리라고 여기며 홀로 고립되어가기도 한다.

손주의 말처럼 무엇이 정말 중요한지 아는 것이 바로 진리이고 현명한 삶일 수 있다. 얼마 전, 접촉사고로 살짝 색이 벗겨진 내 차를 볼 때마다 원하는 장소로 이동할 수 있음에 고마움이나, 본질을 생각하지 못하고, 오직 벗겨진 칠에만 관심을 두고 스트레스를 받았던 나 자신을 반성해본다. 풀지 못한 욕구, 즉 빨리 수리하거나 새 차를 사고 싶다는 시각에서 벗어나 현재를 받아들이고 이미 가지고 있는 부분에 감사함을 더 가치를 둔다면 차를 볼 때마다 나의 시선은 어쩌면 다른 곳에 머무를 수도 있었을 듯하다.

어떤 삶이 바람직하냐고 물어본다면 이 세상 생김이 모두 다르듯이 한 문장으로 답할 수 없을 것이다. 하지만 어떻게 스트레스를 적게 받고 세상을 당당하게 살 수 있느냐고 물어본다면 쉽게 답할 수 있을지 모른다. 평소 좋아하는 임제선사의 수주작처 입처개진(隨處作主 立處皆眞)이라는 말을 답으로 적어본다.

"어느 곳이든 주인의 마음으로 최선을 다한다면 지금 머무는 곳이 바로 진리의 세계이다"라는 말, 과연 내가 주인으로 삶을 살아가는가에 대한 화두로 좁혀지면 답하기가 쉬워진다. 주인은 흥할 때도 망할 때도 모두 책임지고 그 과정을 사랑할 수 있게 된다. 운이 약해진다 느껴지더라도 끈을 놓을 수가 없기에 더욱 노력하게 된다. 하지만 삶의 주인이 아닌 자들은 변명과 회피로 이 공간을 대신한다. 그러한 과정들 속에서 풀지 못한 욕구는 스트레스가 되어 삶의 질을 저하시킨다.

깊어가는 가을 하늘, 어느 구름 한 조각도 고정되지 않았다.
바람에 따라 흔들리며 움직이는 구름에 대하여
우리는 무어라 말하지 않는다.
아이의 해맑은 웃음소리,
인생의 퍼즐도 꼭 맞지 않더라도
웃으며 가을 하늘을 즐길 줄 안다면,
오늘 하루 신선이 되었다
말할 수 있지 않을까?

책읽기 좋은 계절이 시작되었다.
이번 주 도서관에 갈 시간이 없다면
무자서를 찾아 그동안
잊고 있었던 선배들의
이야기를 들어보면
어떨까?

삶에 지쳤다고 말한다면
감정에 지친 것

일체유심조(一切唯心造)라는 말이 있다. 화엄경의 중심사상인 이 말은
신라 시대의 고승 원효의 이야기로 더 유명하다. 원효가 잠결에 목이
말라 물을 마셨는데, 깨어 보니 잠결에 마신 물이 해골에 괸 물이었
음을 알고, 사물 자체에는 정(淨)도 부정(不淨)도 없고 모든 것은 오
로지 마음에 달렸음을 깨달았다고 한다. 이처럼 세상을 살아가며 우
리가 마주하는 희노애락은 마음에서 결정된다. 같은 일을 두고도 어
떤 이는 다행이라고 생각하는 한편, 또 다른 이는 불행이라고 여길
수 있기 때문이다.

마음 잘 다스리는 일, 어쩌면 우리 삶에서 가장 중요한 문제라 해도
과언이 아닐 것이다. 수천 년 전부터 지금까지 많은 철학자와 사상가
들은 심(心)의 근원을 찾기 위한 노력을 해왔었다. 그리고 그들은 심
(心)의 발원(發源)이 바로 감정에서 시작된다는 것을 찾았다. 즉 마음
을 잘 이해하려면 감정을 공부해 볼 필요가 있다는 뜻이다.

당신은 눈 앞에 펼쳐지는 일에 대하여 감정을 어떻게 느낄지 선택할 수 있는가?

우리가 흔히 하는 실수, '감정은 조절될 수 있다'라고 생각하지만 실은 그렇지 않다. 감정은 한 사람이 살아온 삶의 흔적, 즉 오늘까지 기록되어온 DNA가 자극에 반응하는 무의식적인 현상이기 때문이다. 예를 들어, 어릴 적 잠들 때마다 자장가를 불러주시던 돌아가신 아버지의 음성과 비슷한 목소리를 가진 남성에게 끌림이란 감정이 생긴다는 것은 즉각적이고 무의식적 반응이다. 즉 감정이란 마음의 흔적에 기초한 외부 자극에 대한 자연스러운 반응이라는 말이다.

감정은 우리 삶에 나침반과 같은 역할을 해준다. 그러므로 어떤 일에 대하여 감정이 생긴다면 그 자체를 존중하고 살펴보아야 한다. 비록 좋은 감정이 아니라도 말이다. 하지만 우리는 지금껏 무조건 나쁜 감정은 좋지 않은 것이라 밀어내고, 좋은 감정만 가지어야 한다는 강박관념으로 살아왔다. 남성은 사회화 과정에서 나약한 감정을 남들에게 보여서는 안 되고, 어머니는 언제나 자식에게 강한 모습이어야 한다는 억압된 감정을 누르며 살아왔다. 하지만 그러한 감정이 적절히 해소되지 못하거나, 받아들여지지 않은 슬픔이 쌓이면 우울이 되고, 밖으로 표출되지 않은 분노는 증오가 된다. 그렇기 때문에 살면서 겪을 수 있는 가족의 죽음, 사랑하는 사람의 배신, 생각하지 못한 경제적 어려움 등의 일이 발생하면 우리가 가지고 있는 유리벽과 같은 감정의 소우주는 깨져 버린다.

1997년 영국의 다이애나 왕세자비가 교통사고로 죽을 때 해리 왕자의 나이는 고작 12살이었다. 그는 왕자로서 보여야 할 위신 때문에 감정을 억제하고 살아왔고 너무나 힘든 날들의 연속이었다고 20년이 지난 후에서야 고백하였다. 우리는 행복해지기 위해 감정보다는 눈에 보이는 물질세계에 의존하는 경우가 많다. 좋은 차, 좋은 집이 대표적이다. 그렇다면 소위 말하는 돈이 많은 재벌은 하나같이 행복해야 한다는 공식이 나올 것 같지만, 정작 심리상담을 받으러 오는 많은 분들을 볼 때 그렇지만도 않다. 즉 삶이란 트랙 위에서 전력 질주만 하여 감정도 없이, 내가 아닌 타인에게 좋은 사람으로만 보이도록 살다 번아웃이 되어버린 자신을 반성해야 한다.

오스트리아의 정신과 의사 발터 울프 (Walter Wolfe)는 "당신의 지친 마음은 어제 생긴 일이 원인이 아니다. 매일 자신을 속이며 지낸 삶의 결과다"라고 말한 것처럼, 오늘부터라도 자신을 돌아볼 용기가 필요하다. 즉 감정에 솔직해지자는 말이다. 그러기 위해, 자신의 감정을 마음껏 표현할 수 있는 공간을 찾거나 당신의 어떤 말에도 공감과 응원을 해 줄 수 있는 사랑하는 사람과 함께 하는 시간을 늘려나가야 한다.

울고 싶을 때 실컷 울고 나면 감정이 정화되고 다시 시작할 수 있는 힘이 생기는 것처럼 말이다. '사람들이 삶에 지쳤다고 말하는 것은 어쩌면 자신의 감정을 억누르는 일에 지친 것'이라고 일본의 작가 가토 다이죠는 감정의 중요성을 강조하였다.

행복하게 사는 것은 어쩌면 '감정 구속'이 없는 상태라고 말할 수 있다. 어릴 때 그렇게 해맑게 웃던 당신이 나이가 들수록 웃음이 줄어든다는 말을 듣는다면 그것은 감정을 마음껏 표현하지 못하기 때문일 수 있다. 그 어떤 이유에서든지 말이다. 감정이 무딘 사람은 좋은 것을 보아도 행복해지지 않는다. 지친 마음을 내버려 두면 더 이상 삶이 즐겁지 않을 수 있다는 말이다.

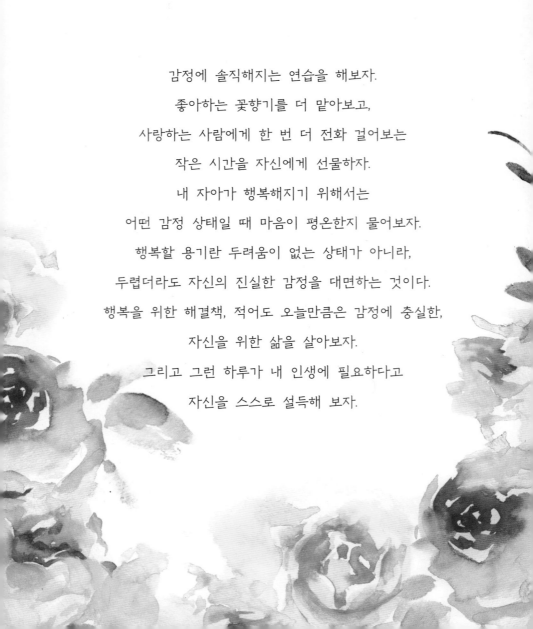

감정에 솔직해지는 연습을 해보자.

좋아하는 꽃향기를 더 맡아보고,

사랑하는 사람에게 한 번 더 전화 걸어보는

작은 시간을 자신에게 선물하자.

내 자아가 행복해지기 위해서는

어떤 감정 상태일 때 마음이 평온한지 물어보자.

행복할 용기란 두려움이 없는 상태가 아니라,

두렵더라도 자신의 진실한 감정을 대면하는 것이다.

행복을 위한 해결책, 적어도 오늘만큼은 감정에 충실한,

자신을 위한 삶을 살아보자.

그리고 그런 하루가 내 인생에 필요하다고

자신을 스스로 설득해 보자.

상처받은 마음,
누구의 잘못인가?

인간사(人間事), 마치 징검다리를 건너는 것처럼 조심스럽다는 것이 나의 지론이다. 하지만 사람과의 관계를 맺을 때마다 조심하고 경계만 하다 보면 마치 신경쇠약에 걸릴듯해 마음이 편한 사람들에게는 허물을 벗고 대할 때가 있다. 하지만 이러한 순간들 사이로도 칼날 같은 말을 들을 때가 있다. 가까운 이에게 받는 상처는 오랫동안 아픈 메아리가 되어 울린다. 마음의 울타리를 낮춘 내 잘못인지, 아니면 징검다리를 무시한 상대의 잘못인지를 몰라도 상처가 나을 때까지 내 마음이 지옥이다.

좋은 사람과 나쁜 사람의 경계는 무엇일까? 나쁜 사람은 자신과 호흡을 같이하기 어려운 사람이다. 상대의 마음을 공감하지 못하는 자, 글자 그대로 나쁜인 사람이다. 그러기에 그들이 생각하는 깊이는 얕고 폭이 좁다.
세상을 살아가다 보면 공통적인 느낌을 받을 때가 있다. 바로 무시해도 좋을 만한 나쁜 사람의 목소리가 크게 들린다는 것이다.

나를 좋아하는 90%의 사람은 따뜻하고 겸손하여 쉽게 속마음을 표현하지 않는다. 좋은지 아닌지에 대한 확신이 안 설 때가 많다. 하지만 10%의 나쁜 사람은 확실한 선을 그어준다. 별로 잘못한 것이 없음에도 그냥 싫은 사람은 항상 존재를 나타내며 우리를 힘들게 한다. 그들의 목소리가 오히려 크게 느껴지는 이유는 여름철 큰방 안에 파리 한 마리가 머리 위를 돌아다니며 소음을 내는 것과 같은 원리이다.

파리의 소음을 잠재울 방법은 없다. 한 마리의 파리를 잡더라도 다른 파리가 들어오기 쉽기 때문이다. 이 때문에 내 마음을 조율할 방법을 옛 선인들은 끊임없이 찾아왔다. 남들과의 관계에서 자신을 보호할 방법을 말이다.

공자는, "君子 不憂不懼"라 하였다.
즉 군자는 불우불구, 군자는 걱정하지도 않고 두려워하지도 않는다는 말이다. 군자란 주위의 일들로 걱정의 우물에 자신을 넣지 않는다는 의미로 나는 해석한다.

행복의 첫 단추인 마음의 평온을 유지하는 방법은 걱정이 없어야 한다. 그런 걱정이 없으려면, 외부의 영향에 내 마음의 파장이 작게 움직여야 한다는 말이다. 나를 괴롭히는 사람이 나를 성장시키는 사람이라 생각하면서도 마음이 힘들 때면 이러한 말들도 귓가에 맴돌 뿐이다.

정말 내가 잘못한 것이 무엇인가에 대한 반성도 너무 깊어지면 우울의 블랙홀에 빠져들게 된다. 반성할 때면 내 자아를 마음의 법정 위에 세운다. 얼음장 같은 분위기에서 모든 것이 내가 잘못해서 생긴 일인 것처럼 나를 향한 화살들이 마음에 박힌다.

이에 대하여 공자는 다음과 같이 말하였다.

내성불구 (內省不疚)
자신을 돌이켜보고 부끄러움이 없다면
대체 무엇을 걱정하고 두려워하겠는가?

그렇다. 자신을 돌아보고 부끄러움이 없다면 한 사람을 사랑한 것, 조직이나 모임을 위했던 나의 노력이 절대 잘못된 것이 아니다. 그러므로 다른 이들의 혀끝, 시선의 칼날 위에서 작두춤을 출 필요가 없다는 결론이 나온다. 우리는 소위 말하는 군자(君子)가 될 수 없을지도 모른다. 하지만 최소한 남들의 시선에 이끌려가는 사람이 되지 않을 용기를 가진 사람이어야만 우리의 행복을 지킬 수 있다.

마음에 정수기를 들여놓아야 한다. 무조건 많이 물을 받는 것이 좋은 것이 아니라 마실 물을 받을 수 있어야 한다. 좋은 말, 좋은 사람을 가릴 수 있는 독심술을 배울 수 없지만, 마음이 평온할 필터를 자주 확인해야 한다. 또한, 스스로 돌아볼 때 부끄러움이 없고 두려워할 것이 없다면 어깨 위에 짐들도 내려놓아도 된다. 당신이 잘못한 것이

아니다. 타인과의 관계에서 힘들어할 이유가 줄어들면 마음의 울타리
가 낮아도 문제가 없을 것이다.

마음을 살리는 방법

요즘처럼 바쁜 시대에 산 적도 없는듯하다. 예전 부모님 시대, 인사 치레로 "식사하셨어요?"라고 묻는 것이 도리였다. 6.25사변 이후 당시, 끼니조차 해결하기 어려웠던 시절, 식사는 제대로 하고 사는지에 대한 물음이었다. 한 시대의 보편적 인사를 들어보면 그 사회의 분위기를 알 수 있다. 요즘 인사는 어떤가? 전화를 걸면 식사에 대한 질문보다는 "많이 바쁘지요?"라고 말문을 연다. 핸드폰에 발신자 정보까지 친절히 뜨다 보니 안녕하세요라는 말도 굳이 사용하지 않는다. 이는 과거와 달리 끼니를 거르는 사람이 없고, 모두 바쁘다 보니 혹시 내가 방해하는 것은 아닌가에 대한 예의 섞인 말인듯하다.

바쁘다는 의미에 대하여 생각해본다. 바쁘다는 것은 그만큼 능력이 있다는 것으로 쉽게 추측할 수 있지만, 바쁘다는 한자, 바쁠 망(忙)을 풀어보면 마음 심(心)에 멸할 망(亡)자가 있다. 즉 바쁘다는 뜻은 마음이 죽어간다는 의미로도 볼 수 있다. 인문학을 공부하다 보면 일반적으로 보는 시각과 다른 측면에서 삶을 읽을 수 있다는 장점이 있다. 즉 바쁘다는 것은 존경의 대상이 아니라, 어쩌면 미리 준비하지 못하고 그만큼 게으르다는 방증(傍證)이 될 수도 있다.

고교 시절, 소위 말하는 공부 잘하는 친구들은 시험 기간이 다가와도 절대 바쁘지 않았다. 수면 시간도 일정하였고, 마음에 분주함도 느낄 수 없었다. 하지만 보통의 친구들은 벼락치기를 한다며 밤을 새우기도 하고, 평소와 다르게 행동이 까칠하기까지 하였다. 늘 부지런한 이들은 몸과 마음이 바쁘지 않은 듯하다. 졸업한 지 30년이 지난 오늘 그들의 삶을 보더라도 여전히 시간에 쫓기며 살고 있지 않기 때문이다. 세 살 버릇 여든까지 간다는 속담처럼 부지런함 역시 단순히 성격의 문제가 아닌 습관은 아닌가 하는 생각까지 든다. 영국의 대표적 소설가 찰스 디킨스의 말 '인생. 멀리서 보면 희극이지만 가까이서 보면 비극이다'는 말처럼 지난 일들이 아름다운 추억으로 보일 수도 있지만 늘 바쁘기만 하다면 오늘은 비극이고, 지금이 힘들 수밖에 없다.

우리가 바라고 원하는 삶은 고요함 속에 존재한다. 굳이 아침 명상이나 기도를 하며 오늘을 돌아보지 않더라도 최소한, 망(忙) 위에 우리의 소중한 행복을 올려두진 않았다. 해외 출장을 마치고 돌아오면 한국에 왔다는 것을 처음 느끼는 순간이 '빨리빨리'라는 말을 들을 때다. 또한, 공항에서 울려대는 빵빵하는 소리는 "나는 급하니 빨리 가야 한다"는 외침이었고, KTX를 타지 않고 여유롭게 버스를 타면 왠지 나만 뒤처진다는 느낌이 들기 일쑤였다.

과연 빠르게만 사는 것이 삶에 대한 바른 태도일까? 삶의 분주함에 벗어나 여유를 얻는 방법은 무엇일까? 아무 일도 하지 않으면 아무 일도 일어나지 않는다는 말처럼 여유를 가지려면 아무것도 하지 않아야 하는지, 아니면 어떻게 해야 하는지에 대한 고민이 생긴다.

나폴레옹의 "우리가 어느 날엔가 마주칠 재난은 우리가 소홀히 보낸 어느 시간에 대한 보복이다"라는 말처럼 어떻게 밀도 있게 시간을 쓸 것인가에 대한 고민에서 여유라는 해답을 찾을 수 있다. 오늘의 내가 만약 만족스럽지 못하다면 지난 과거, 시간의 용도를 잘못 사용하였을 가능성이 크다. 정말 게을렀거나, 아니면 열심히는 살았지만 목표 없이 그냥 삽질만 하고 시간을 보냈을 공산이 크다. 그럼에도 불구하고 몸과 마음은 바쁘기 그지없었으리라.

목표가 없는 삶은 여유를 잡아먹는 스펀지와 같다. 혹시 십 년 후의 모습이 궁금하다면 오늘 우리가 보내는 시간의 용도를 알면 된다. 하루 24시간 중 어디에 많은 시간을 보내고 있는가? 책 보는 것에 시간을 투자하고 있는지, 아니면 운동에 시간이라는 가치를 투자하는지 말이다. 혹시라도 어떠한 변명으로든 의미 없는 시간을 보내고 있으면서 미래를 핑크빛으로 꿈꾸는 사람은 없기를 바란다. 이것은 마치 로또 한 장으로 인생이 역전될 거라는 허황한 믿음과 다를 바가 없기 때문이다.

미래 자신의 모습을 그려보고, 무엇이 지금 부족한지 안다면, 오늘 우리가 사용해야 할 시간은 분명해진다. 확실한 목표가 서있다면 빨리 가는 것은 그리 중요하지 않다. 멈추지 않고 매일 가면 되는 것이다. 확실한 방향성이 없는 빠름이란 방황일 뿐이다. 즉 그치지 않는 바쁨의 영속선 위에서 방황은 우리의 영혼만 힘들게 한다.

급한 것과 중요한 것은 구분되어야 한다. <논어>의 위령공편 11장을 보면 이런 글귀가 나온다. 무원려 필유근우(無遠慮 必有近憂), 즉 먼 장래를 생각하지 않고 일을 계획 없이 추진하면 반드시 눈앞에 걱정거리가 생김을 이르는 말이다. 계획을 세우고 중요한 것을 처리하지 않는 사람은 늘 눈앞에 닥친 오늘이 바쁘고 하루하루를 쳐내기에 정신이 없다. 마음이 급하면 일 또한 집중해서 잘할 수가 없다.

이제 목표가 설정되었고 조바심을 낼 필요조차 없는 이유까지 알았다면 마음은 바쁘지 않아도 된다. 다만 우선순위와 몰입의 가치에 대해 덧붙여 말하고 싶다. 하루가 24시간으로 한정되어 있고 일할 수 있는 시간도 제한되었다면, 바쁘지 않으면서도 일을 잘 하는 방법은 무엇일까?

바로 우선순위를 정하는 데 있다. 다국적기업이었던 첫 직장. 이곳에 입사한 신입사원이 배우는 첫 번째 일은 바로 시간 관리이다. 하루 할 일을 나열하여 위클리 다이어리에 적고, 그 앞에 네모박스를 만들어 우선순위를 만든다. 그리고 마무리된 일은 줄을 치는 일이다. 제한된 근무시간 중에 업무를 완성하려면 이러한 습관들이 필요하였음을 강조한 것이다. 또한, 출근 후 잠깐의 회의 이후에는 부서원들끼리 절대 회의나 소통을 하지 않았다. 이는 제한된 시간 속에서 몰입의 의미를 강조한 것이다. 이에 대하여는 소프트웨어 엔지니어 제이슨 렝스토프 역시 일하는 시간과 생산력의 관계에서 워밍업과 효율성이 떨어지는 시간 사이의 몰입구간을 연구하고 발표하였다. 즉 2시간의 워밍업 시간 이후부터 시작되는 4시간이 바로 몰입구간이다. 몰입구간에는 다른 방해를 받지 않도록 해야 한다. 이렇게 몰입이 가지는 힘은 일의 효용성을 증폭시키고, 남은 시간을 편한 휴식으로 보상하게끔 한다.

욕속부달(欲速不達),

너무 빨리 가려면 하면 오히려 도달하지 못한다고

공자는 빠름보다 바르게 가는 것을 강조하였고,

우보천리(牛步千里),

느린 소걸음으로 천 리를 간다고 했듯이

인생은 길게 바라보는, 서두름 없는 지혜가 때로는 필요하다.

슬기롭게 세상을 살아나가려면 목적 있는 삶,

그리고 몰입하는 시간으로 삶을 확장해 나간다면

바쁘다는 핑계로 정말 소중한 것을 못하는

그러한 우(愚)는 범하지 않을 것 같다.

인연의 끈을
놓지 않는 방법

겨울철 눈 내리는 날, 아이들은 손이 어느 줄도 모르고 열심히 눈을 굴려 눈사람을 만든다. 집에 있던 당근을 가져와 코를 만들고, 서랍 속 할아버지 모자로 눈사람이 추울까 봐 머리에 올려주기도 한다. 걸작을 만든 듯 친구들끼리 흐뭇한 미소로 노래도 부른다. 점심 먹으러 오라는 엄마의 목소리에 아이들은 집으로 돌아간다. 그리고 얼마 후 돌아온 그곳, 눈사람은 사라지고 있었다. 따스한 햇볕이 눈사람을 녹이고 있었던 것이다. 눈사람의 인연(因緣), 그들이 할 수 있는 것은 아무것도 없었다. 눈사람이 온도라는 연(緣)이 안 맞아서 사라졌을 뿐인데도 아이들은 속상해하고 눈물까지 짓는다.

삶이란 길을 걷다 보면 많은 사람을 인연이라는 이름으로 만나고 헤어지게 된다. 어떤 인연은 스치는 바람처럼 잠시 머물다가 가지만, 또 다른 인연은 내 주위에 머물며 삶을 변화시키기도 한다. 인연, 사람에 따라 다양하게 해석되기도 하지만, 그 단어만으로도 로맨틱하지 않은가? 생각만으로도 마음이 따스해지는 인연이 있다면, 식지 않고 어떻게 오래 유지할 수 있을까? 큐피드의 사랑의 화살이 가슴에 꽂힌 순간 인연은 시작되고, 그 유통기한이 다할 무렵이면 그토록 애절했던 사랑도 기억 너머로 흘러가는 것일까?

누군가를 사랑한다는 것은 비록 눈사람처럼 언젠가는 녹을지언정 참으로 아름다운 일, 사랑이라는 인연은 보통의 만남과는 다르다. 혹 아직 사랑이라는 것이 무엇인지 정의 내리지 못하는 당신이라도, 과연 그를 사랑하는가에 대한 진실한 답을 찾기란 어렵지 않다. 과연 그가 나에게 대체 불가한 존재인가 아니냐는 단순한 질문에 달려있기 때문이다.

그에게서 받는 그 무엇을 다른 사람에게서도 받을 수 있다면, 그는 대체 가능한 존재이다. 마치 기계에 들어가는 부품이 호환되는 것처럼, 교체 가능한 인연은 보통의 인연이다. 하지만 그 사람의 아픔이 내 마음에 고스란히 전달된다면, 그의 기쁜 이야기보다 가슴 아픈 이야기에 당신의 마음이 더 저리다면 그를 사랑하는 것이고, 소중한 인연이라는 것이다.

나이가 들어감에 누구나 나름의 철학을 가지고 그 기준에 맞는 이를 만나고 관계를 유지하며 살아간다. 하지만 자신이 정해놓은 프레임에서 벗어날 때면 화도 나고 가슴이 아파져 온다. 누군가를 처음에 사랑할 때 나오는 강력한 사랑의 물질은 뇌뿐만 아니라 온몸 전체에 퍼져 있기에 어지간한 단점도 크게 보이지 않는다. 하지만 시간이 지나면서 장점보다 단점이 보이기 시작하는 때가 있다. 바로 헤어짐으로 이어질 수도 있는 순간이다. 이때를 우리는 슬기롭게 이겨낼 지혜가 필요하다.

인간이 신이 아니기에, 절대 다른 이의 마음을 알 수 없다. 하지만 가까운 사람일수록, 자주 보는 사람일수록 우리는 상대에게 말하지도 않은 내 마음을 알아달라고 한다. 그러는 동안 설상가상(雪上加霜)으로 상대는 독심술의 대가인 것처럼 오히려 당신의 눈빛만으로 마음을 잘못 읽기 시작한다. 그리고 섭섭함을 가슴에 심는다. 마치 차가운 얼음 한 조각이 시간이 지나면서 작은 유리병의 모든 공기를 얼게 하듯이, 오해나 풀지 못한 시간은 미래에 깨지 못할 큰 얼음산을 만든다.

얼마 전 가까운 사람과의 오해 아닌 오해가 있었다. 솔직히 말해 아직 풀지 못한 일이기에 오해인지 아닌지조차 모른다. 하지만 며칠의 시간이 흐른 후에 그것이 중요하지 않음을 알았다.
생각지도 못한 어떤 일에 대하여 기대 밖의 행동을 하는 그가 무척이나 야속하고 원망스러웠다. 그래서 작은 오해의 불씨는 빨리 끄면 좋지 않을까 하는 생각으로 평소와 같이 그에게 다가서고 싶었지만 나의 입장을 설명하고 오해를 풀기보다 다른 방법이 있을지에 대해 생각해보았다.

역지사지(易地思之), 그가 왜 그런 행동을 하였을까, 그의 관점에서 바라보는 내 모습은 어떠하였는지를 생각해보니 나의 부족함을 찾을 수 있었다. 내가 만든 프레임 속에 있는 상대의 모습을 기대하였고, 잘못을 내 안에서 찾으려 하지 않고 오히려 그를 향한 야속한 마음만을 가지었다. 내 마음에 얼어붙을 얼음조각을 상대에게 꺼내어 말하기 전에, 그 얼음이 누가 만든 것인지에 대한 내부정리가 앞서야 한다.

세상에는 내 마음과 같은 사람은 절대 존재하지 않는다. 그렇기에 상대의 말을 듣고 또 생각하는 시간이 절대적으로 필요하다. 마치 인터넷에 번역기를 돌려 상대의 마음을 물리적으로 다 읽을 수는 없는 것처럼. 번역에는 수많은 오류와 미처 하지 못한 행간의 아쉬움과 사랑이 묻어 있기 때문이다.

철학자 에픽테토스는 말했다.

> 신이 인간에게 한 개의 혀와 두 개의 귀를 준 것은
> 말하는 것보다 타인의 말을 두 배 많이 들으라는 이유에서이다.

혹시라도 멀어지는 사람이 있다면 그 사람에게 전화를 걸어 조목조목 해석하듯이 물을 것이 아니라 시간이라는 공백을 두고, 내 마음을 돌아보는 시간이 필요하다. 그리고 혹시라도 부끄러운 자신을 찾는다면 그와의 관계는 다시 예전으로 돌아갈 수 있다. 세상 모든 인연을 잡을 수 없다고 생각한 채, 쉽고 놓아 버린다면 어쩌면 당신은 소중한 이를 평생 곁에 둘 수 없을지도 모른다.

사랑하는 이를 쉽게 떠나보내는 이들의 공통된 특징을 보면, 관계 위기의 순간에 잘못된 해결방식으로 계속 반복한다는 특징이 있다. 카메룬의 속담에 "질문하는 자는 답을 피할 수 없다"라고 했다. 왜 사랑하는 이와의 인연이 쉽게 끊어지는지 그리고 슬기롭게 이어져가기 위해서는 스스로에게 물어보고 그 해답을 찾는 노력을 한다면 또 다른 큐피트의 화살을 애절하게 기다리지 않아도 될지 모른다.

인연이라는 한 그루의 큰 나무는 하루아침에 심어지지 않는다.

그러하기에 대체 불가한 사랑하는 이가 있다면

그와의 시간을 소중히 생각하고 인연의 끈을 놓지 말아야 한다.

이슬이 맺히기 위해서는 온도와 습도라는 연이 필요하지만,

우리의 인연. 어쩌면 공감이라는 작은 지혜와

다시 다가설 수 있는 용기가 있다면

그 연을 더 붙잡을 수도 있지 않을까 생각해본다.

셋,

세
상
의 흐
름 관
찰
하
기

울지 마라,
외로우니까 사람이다

철학이 어려운 학문이라 하지만 사실 우리는 모두 철학을 한다. "왜 사는가? 어떤 삶이 잘 사는 것인가?" 삶의 이유를 묻는 자문(自問)이 바로 철학의 시작이기 때문이다. 하지만 흔히들 철학의 초입에서 길을 멈추는 이유는 질문만 하고 해답을 찾는 노력까지 이어지지 않기 때문이다. 바쁜 현대인들, 대답은 찾지 않은 채 인터넷이란 창을 통해 나와 비슷한 경우의 사례를 자신의 해답인 것처럼 피상적으로만 받아들인다.

데카르트가 '나는 생각한다. 고로 나는 존재한다'라고 말하였지만, 갈수록 진보하는 과학 문명 앞에서 우리의 생각이 설 수 있는 공간은 점차 좁아지고 있다. 네비게이션만 켜놓으면 아무 생각 없이 화살표 방향만 따라서도 목적지에 갈 수도 있고, 예전처럼 굳이 12자리 전화번호를 기억할 필요도 없기 때문이다. 쉽게 말해 생각 없이도 살 수 있는 시대가 도래하고 있다.

데카르트의 말에 따르면 인간은 생각하기에 존재하는 것인데, 생각하지도 않는데 과연 존재할 수 있는 것인가에 대한 물음에서 내 생각은 길을 잃었다. 그렇다면 우린 존재하지 않는다는 말인가? 앞서 말한 눈에 보이는 변화된 하드웨어적인 삶은 그렇다 치더라도 기술의 발전에도 예전과 같은, 감정이라는 소프트웨어적인 측면은 어떻게 할지에 대한 답을 찾고 싶다. 시대가 갈수록 일상생활은 편해지지만, 인간의 외로움은 더욱 커져만 가고 있다.

IT를 전공하여 이 분야에 대하여 해박한 지식과 경험을 가진 어느 노총각 후배가 털어놓은 고백 이야기이다. 얼마 전부터 만난 연인과의 사랑이 깊어질수록 더욱더 외로워진다는 것이 그의 고민이었다. 세상의 모든 답을 가진 듯한 컴퓨터와 인터넷이라는 든든한 지원군을 가진 그에게도 외로움이라는 문제는 해결하기 어려웠던 것 같다. 외로움, 인연, 사랑이라는 문제는 현대과학으로도 선명한 답을 줄 수 없다. 그리고 이 화두들은 우리 삶, 가장 중요한 부분을 차지한다.

인연, 누구든 인연이 생긴다는 것은 새로움에 대한 기쁨일 수도 있다. 하지만 삶의 고요한 적막을 깨고 다시 적응해야 하는 대상이 생겼다는 것은 어쩌면 두려움일 수도 있다. 비록 큐피트의 화살이 가슴에 꽂힌 시기에는 미래에 닥칠 외로움과 이별에 대한 공포는 눈에 보이질 않지만 말이다. 사랑에 빠지면 용감해진다는 말은 과학적으로 보더라도 세르토닌이 분비됨에 따른 신체적, 심리적 자연스러운 현상이기도 하다. 사랑과 외로움은 어쩌면 극히 반대의 감정이라 공존할 수 없다고 생각하기 쉽지만, 사랑을 해 본 사람은 후배의 경험에 고개를 끄떡이며 그 생각에 공감할 수 있을 것이다.

에리히 프롬은 그의 책, <사랑의 기술>에서 이렇게 말하였다.

> 그 사람에게 네가 얼마나 열렬히 빠지는지가 뜨거운 사랑의
> 증명이라고 생각하겠지만 그건 단지 네가 지금까지 얼마나
> 외로웠는지를 말해주는 증거일 뿐이다.

프롬은 외로움이 사랑의 시작일 수 있다고 말했다. 주위에 사람이 많고 적고의 문제가 아니다. 나의 외로움은 누구도 대신할 수 없다. 자기의 외로움을 극복하기 위해 누군가를 사랑하려 한다면 그것은 타인을 자기 안으로 집어삼키는 일이 될 수 있다. 결국, 자신만의 프레임에 함께 넣으려는 사고나 행위는 결국 한 사람의 희생을 강요하는 것이 될 수밖에 없고, 그 관계는 오래갈 수 없을지 모른다.

똑똑하거나 사랑에 관한 책을 많이 읽는다고 사랑을 잘할 수 있는 것이 아니다. 누군가와 자주 헤어지거나 사랑하면서도 외로움을 많이 타는 사람이라면, 사랑에 대한 접근 방식을 다시 생각해보는 시간이 필요하다. 사랑하면서도 외로워지는 이유에 대하여 살펴보면 두 사람의 사랑의 결이 다르기 때문이다. 어느 한쪽만 너무 과도한 노력을 한다면 주는 이의 외로움이 클 수 있다. 소위 말하는 갑을 관계에 놓이게 되어서는 안 된다. 사랑이라는 이름으로 모든 것을 희생한다고 하지만, 갑이라 생각하는 이가 을에게서 받아들이는 모든 것은 당연한 것으로

해석되고 심지어 지루하고 매력이 없다고 느낄 수도 있을 것이다.

사랑함에도 외로움이 시작된다면, 외로움이 굳어지는 시점. 생각의 중심이 타인의 이해가 아닌 자기 위주로 바뀌는 때이다. 내가 왜 외로운지에 대한 질문을 하는 것이 아니라, 사람들이 나와 맞지 않아 불편하여 차라리 혼자가 편하다고 생각한다.

그럼 외롭지 않으려면 어떻게 해야 할까? 결론적으로 말한다면 외로움이란 인간으로 태어난 이상 숙명이므로, 혼자가 아니라 누군가를 사랑하더라도 외로울 수밖에 없다. 즉 외로움은 극복하고 삶에서 분리할 수 있는 대상이 아니라는 말이다. 외로움은 저녁 해 질 무렵 나를 따라다니는 그림자와 같다. 아무리 빨리 달린다고 해서 그림자가 없어지지 않는다. 그렇게 처절히 뛰는 그림자를 보고 누군가가 손을 내밀 수 있는 인연이 생기기도 한다.

세상만사가 다 그렇듯, 한 곳에 집중하면 그것만 보인다. 아픔만 보면 희망이 가려져 보이질 않는다. 햇볕 좋은 날 돋보기로 종이를 태우듯 외로움이란 작은 불씨가 온 마음을 다 태울 수도 있다. 나의 외로움을 결핍이라는 핑계로 다른 이에게서 채우려 하지 말고, 외로움을 당당히 받아들이는 지혜가 필요하다. 이런 생각만으로도 나는 존재함을 느끼며 데카르트의 물음에 답할 수 있을지 모른다. 혹여 봄의 한 가운데서도 외로움을 느끼는 오늘이라면, 정호승 시인의 수선화를 눈을 감고 마음으로 읽어보자.

울지 마라

외로우니까 사람이다

살아간다는 것은 외로움을

견디는 일이다

공연히 오지 않는 전화를 기다리지 마라

눈이 오면 눈길을 걸어가고

비가 오면 빗길을 걸어가라

갈대숲에서 가슴 검은 도요새도 너를 보고 있다

가끔은 하느님도 외로워서 눈물을 흘리신다

새들이 나뭇가지에 앉아 있는 것도 외로움 때문이고

네가 물가에 앉아 있는 것도 외로움 때문이다

산 그림자도 외로워서 하루에 한 번씩 마을로 내려온다

종소리도 외로워서 울려 퍼진다

루머에서
편안해지는 법

깨달음의 시간은 누구에게나 다가온다. 굳이 산속으로 들어가지 않고, 묵언(默言)수행을 하지 않아도 삶에 부대끼다 보면 가끔은 그런 재수 좋은 날이 온다. 좀 더 정확히 표현하자면 재수 좋다는 표현보다는 세상에 상처 나고 눈물을 훔친 시간들에 대한 보상이라는 표현이 더 정확할지 모르겠다. 초등학교 시절 1+1=2라는 단순한 대명제로 인생역시도 깔끔히 떨어질 것이라, 그래서 어른이 되면 큰 어려움 없이 사춘기 시절 부족했던 영화도 실컷 보고 아이스크림도 이빨 썩는다는 잔소리를 듣지 않고 먹을 수 있으리라 생각한 때가 있었다.

하루에도 오만가지의 생각을 하는 내가 또 다른 오만가지의 생각을 품고 사는 너와 만나 우리가 되었을 때 예상하지 못하는 경우의 수는 단순한 산수만으로, 고등학교 때 배운 미적분으로도 풀기 어렵다. 이유는 나만 문제를 잘 풀었다고 다른 사람도 잘 푼다는 보장이 없고, 인간관계가 늘 그렇듯이 서로 합이 맞아야 좋은 소리가 나는 법이기 때문이었다.

며칠 전 친한 동생에게서 전화가 왔다. 평소 책을 잘 읽지 않는 그였지만, 그날따라 삶의 귀한 비서(祕書)를 읽은 것처럼 약간은 흥분된 목소리로 말하였다. "근거 없는 저에 대한 루머로 한동안 힘들었어요" 그는 평소 말주변도 없고, 사람들과 사교적이지도 않아서 자신에 대한 평판이 좋고 나쁨에 대한 소재 거리가 없다고 생각하였다. 그런 그가 이런 말을 들으니 무척이나 속이 상하고 자존감이 낮아진다고 하는 것이다. 그러나 고민의 시간을 한동안 보낸 후, 그가 삶의 부대낌 속에서 얻은 깨달음은 이것이라 내게 이에 말한다. "나를 욕하는 사람들이 누구인지 한 번 알아보았더니 전부 나를 잘 알지 못하는 사람들이었어요. 나를 잘 알거나 차라리 배울 것 있는 사람이 그랬다면 찾아가 고칠 점을 물어라도 보려고 했는데 말이죠"

나보다 못나고 잘 났는지에 대한 구분과 개념은 모호하여 자칫 잘못하면 나르시즘에 빠질 우려가 있다. 하지만 삶에서 원치 않는 루머나 잘못된 평판으로 자존감의 뿌리가 흔들릴 때가 있다면, 그의 말처럼 '나보다 어린 애들의 말장난'이라 치부하고 자신의 삶을 계속 아름답게 가꾸어 나간다면 어떨까하는 생각이 어제 읽었던 논어와 겹쳐 내 머릿속 잔상으로 남는다.

자왈 군자는 탄탕탕이요, 소인은 장척척이니라
(子曰, 君子 坦蕩蕩 小人 長戚戚)
"군자는 마음이 평탄하고 여유가 있으며,
소인은 항상 근심 걱정에 싸여 있다."

공자의 말처럼 마음이 평온하고 여유가 있으려면, 남의 말에 휘둘리지 않는, 자신의 행복을 스스로 지킬 수 있는 지혜도 필요하다. 타인의 시선 위에서 자신의 평온을 맡기지 않고, 안분지족(安分知足)하는 삶, 저녁에 잠이 들 때 하루를 반성하는 삶이 어쩌면 군자의 하루가 아닐지 생각해본다.

세상 가장 중요한 것은 평온이다.

마음이라는 푸른 바다에 노를 저어

다른 이라는 섬으로 갈 만큼의 파도와 내리는 비는 괜찮다.

하지만 존재하지도 않는 환영(幻影) 같은 먹구름이 당신의 온 마음을,

온 바다를 침범하도록 내버려 두지는 않아야 한다.

눈에 보이는 것만으로 인생이란 문제를 풀려

정면승부 하려 덤벼든다면 당신의 마음은

언제나 근심이란 바다 위를 항해할지 모른다.

버려도 아깝지 않을
생각 한 줌과 종이 한 장

행복에 대하여 글을 쓰고 강연을 하다 보니 사람들에게서 자주 듣는 말 중의 하나가 바로 "힘들 땐 어떻게 이겨내세요?"라는 질문이다. 힘이 든다는 것은 마음이 편하지 않다는 말. 마음을 들고 있기에 힘이 든다. 다시 말해 내려놓으면 되는 간단한 문제이지만 말처럼 되지 않는 이유는 눈에도 보이지도 않는 뜨거운 감자를 가슴 위에 들고 있기 때문이다. 보이지 않기에 그 형체를 가늠할 수 없다. 때론 스치는 걱정임에도 길게 늘어진 그림자만을 보고 지레 겁을 먹기도 한다.

다시 말해 우리의 걱정을 볼 수만 있다면, 검은 그림자에서 고민을 끄집어내어 객관화시킬 수 있다면, 고민도 다이어리의 체크리스트처럼 가볍게 여길 수 있을지 모른다.

사람들에게 물어본다.
"어떻게 하면 고민을 잘 볼 수 있을지요?"

어떤 사람들은 친구들과의 수다에서 찾을 수도 있다 할 것이고, 또 어떤 이는 어두운 밤 홀로 기울이는 소주 한 잔에서 어렴풋이 보았다고도 할 것이다. 고민을 객관화시키는 작업은 누구의 조언도 효용성이 크지 않고, 취기에 본 어제의 현상, 어쩌면 다음날 용기없는 환영(幻影)으로 남겨져 있을 모른다.

이런 고민을 직시하고 싶은 이들에게 나는 글을 써보라고 권하고 싶다. 정성스럽게 다이어리에 쓰는 글도 좋고 이면지 위에 날려쓰는 낙서도 좋다. 내 마음에 넘친 글자들을 종이 위에 옮겨 담으면 족하다. 흔히 글이라 하면 유명해지려는 혹은 책을 쓰기 위한 글을 떠올리기 쉽다. 아쉽게도 그런 글들은 오래가지 못한다. 목적을 가지고 하는 일은 그 목표치에 어느 정도 이루었을 때 더 하지 않게 된다. 챔피언이 되고 난 선수가 예전보다는 연습을 덜하는 것처럼 말이다. 낙서라 할지라도, 좋아서 글을 쓰는 사람이 되어야 한다. 그래야 오랫동안 마음의 평온도 유지될 수 있다.

글 쓰는 방법에 대하여는 여러 정형화된 기술들이 인터넷에 소개되어 누구나 쉽게 배울 수 있다. 마치 공장과 같이 프로세스를 따라가기만 하면 그리 나쁘지 않은 한 편의 글이 나오기는 한다. 하지만 그런 글들은 메마른 장미, 조화처럼 향기가 나지 않는다. 다시 한 번 강조하지만 남이 아닌 자신의 마음을 담을 글이어야 한다. 글을 쓰는 이유는 남에게 보여주기 위함도 아니고, 어제 배운 지식을 자랑하기 위함도 아니어야 한다.

글을 쓴다는 것은 자신과의 솔직한 대화의 시간이다. 내 마음이 지옥일 때가 있다. 별로 대수롭지도 않은 일이 무척이나 크게 보이고, 객관적이어야 할 문제들이 내 손톱 밑 가시로 남아 있을 때 아픈 상처로 느껴질 때가 있다. 무언가 잘못된 생각이라는 마음이 들면서도 쉽게 떨쳐버릴 수 없어 속 시원한 해답까지는 찾지 못한다. 블랙홀과 같은 웅덩이에서 빠져나오고 싶다는 생각이 들때면 궁여지책으로 산책하러 나간다. 맑은 햇살에 다소 진정되었다 느껴져 다시 돌아와 책상 앞에 앉아도 슬그머니 또다시 잡생각이 나의 뇌를 지배하기 시작한다.

그때 나는 글을 쓴다. 나를 향한 나의 마음을 글로 적다 보면 또 다른 내가 나의 마음에서 분리됨을 느낀다. 마치 유체이탈을 하듯이 말이다. 가계부를 쓰듯이 마음이 왜 힘든가 그리고 지금 그렇게 생각하는 것이 과연 옳은지에 대한, 되돌아보는 시간을 가진다.

글을 쓰지 않으면 생각에 생각이 이어져 그 끝을 잡을 수가 없다. 좋은 결정을 위한 고민이라 할지라도 그 과정이 너무 길거나 마음에 힘이 드는 일이라면 줄이는 연습이 필요하다. 공자는 계문자 삼사이후행(季文子 三思而後行), 재사가의(再斯可矣)라고 하였다. 계문자라는 사람이 늘 세 번의 생각을 하고 움직이니, 공자가 생각은 두 번이면 족하다고 답하였다. 이 말의 뜻은 너무 깊은 생각은 우유부단으로 패턴으로 이어지고, 정작 실행으로 이어지기 어려움을 표현하는 의미라나는 해석한다. 막연한 생각이란 안개를 조금씩 걷어 낼 수 있는 작업, 바로 글을 쓰는 일이다. 내 마음을 향한 낙서, 종이와 펜을 꺼내어 지금 느끼는 감정에 대하여 한줄 한줄 쓰다 보면 그 글 속에서 해답을 찾을 수 있고, 글 사이의 행간에서 공감과 위로도 받을 수 있다.

최근 <봄이다 살아보자>라는 산문집을 발간한 시인 나태주는 인터뷰에서 이런 말을 하였다.

> "시는 세상에 보내는 연애편지고 고백과 호소입니다,
> 시는 자기감정을 다스리는 거예요.
> 자기감정을 다스려 스스로 불뚝불뚝 솟아나는 마음을
> 부드럽게 해 주고 가라앉혀 주고
> 괜찮다고 위로해 주는 것이 시입니다."

시가 좋아서 그냥 쓴다는 그리고 언제나 아마추어 시인 같다는 그가 좋은 글, 공감의 시를 쓸 수 있는 이유는 바로 솔직함이다. 낙서 같은 시라도 마음을 투영시켜주는 그 글 자체가 가지는 힘은 그 어떤 정신과 상담이나 보약보다 좋을 수 있다.

좋은 글과 나쁜 글이란 존재하지 않는다. 솔직한 글이 가장 좋은 글이다.

감정을 담아낸 낙서 같은 일기장 역시 좋은 친구이다. 아무도 들어주지 않는 나의 이야기를 묵묵히 들어주고 공감해주는 유일한 친구이자 분신이다. 일부 사람들에게는 오히려 아픈 칼날을 상기시켜주는

일이 될 수 있겠지만, 자신이 품고 있는 해결하지 못했던 문제들을 세상 밖으로 꺼내어주는 고마운 친구, 아픔을 내보이는 그 자체만으로 이미 해결과 치유는 시작된 것이다. 너무 예쁘게 쓰려는 노력도, 혹시라도 누구에게 보여주려는 그런 생각은 필요 없다.

버려도 아깝지 않을 내 생각을, 버려도 되는 종이 위에 옮겨 적으면 충분하다.

인생은 직선 구간을 달릴 때도 있지만, 때론 비 오는 곡선 구간 길을 달려야 할 때가 온다. 비인지 눈물인지 모를 때, 아무도 나의 고민을 들어주려 하지 않아 길게 늘어진 그림자만으로 뒷걸음치고 싶을 때, 우리에게 현실이라는 우산을 씌워줄 그 무언가를 찾아보자.

세상.

알 수 없기에 모든 것을 이해하려고 힘쓰지 말자,

변하지 않는 것은 없기에 고정할 수 없는

사람의 마음에 의지하지도 기대하지도 말자.

내 생각이 너와 같지 않고,

우리의 마음이 너희의 마음과 같지 않음을 받아들이자,

그칠 줄 모르는 장마가 다가온다.

내리는 빗소리만큼이나 내 마음의 고민이 크게 들릴 때!

그때 필요한 것은 노트와 펜 한 자루면 족하다.

오늘을 기억하라!

모멘토 모리(Momento mori)라고 들어본 적이 있는가? 라틴어에서 나온 말로서 '인간은 언제가는 죽는다. 그러므로 오늘을 기억하라'라는 의미이다. 바쁘게 살아가는 삶 속에서 우리는 가장 중요한 사실 하나를 잊고 산다. 바로 삶이 영원할 거라는 착각에 오늘을 때로는 의미 없이 보내고 만다. 이 말 '모멘토 모리'를 제대로 이해할 수만 있다면 소중한 오늘을 어떻게 보내야 할지에 대한 답을 구할 수 있다.

삶이 소중하다 느끼는 당신이라면 오늘을 잘 보내야 한다. 사람들에게 하루를 의미 있게 보내는 방법에 관하여 물어본다. 그리고 지금까지 가장 좋았던 시간을 기억해 보라고 한다면 대답은 크게 두 가지로 정리된다. 사랑하는 사람과 함께 하는 것, 그리고 여행을 가는 것이다.

사랑하는 사람과의 시간은 무엇을 해도 그 자체만으로 즐겁다. 평소 비 내리는 것을 싫어하는 사람도 사랑하는 이가 비 내리는 날 커피 한 잔에 행복을 느낀다면 그는 어느새 비를 좋아하는 바리스타로 되어있을지도 모르고, 산보다는 바다를 좋아하던 어떤 이의 신발장에는 어느새 샌들이 아닌 등산화로 가득 차 있을지 모른다.

그리고 여행하는 것, 아우구스티스는 여행을 이렇게 표현하였다.

'세상은 한 권의 책이다. 그리고 여행을 하지 않는 사람은 책의 한 장 만 읽은 것일 뿐이다'

여행은 가끔 삶이란 여정의 틀에서 벗어날 기회를 줄 뿐 아니라, 인 생을 더욱 풍요롭게 하는 작업이다. 그리고 촘촘히 끼워진 블록 같은 공간에 가끔 빈칸으로 남겨주는 일이다.

그렇다면 사랑하는 사람 그리고 여행, 이 두 가지를 동시에 한다면 그 효과는 2배가 될 거라는 간단한 공식이 나온다. 사랑하는 사람과 여행을 가본 적이 최근 얼마나 있는가? 말로는 좋다는 것을 알면서도 계속 오르는 물가와 얇아지는 월급봉투에 선뜻 엄두가 나지 않는가? 이런 생각을 하는 사람이 있다면 나는 단호히 더 늦기 전에 지금 사 랑하는 이와 함께 떠나라고 말하고 싶다.

오래전 스위스 출장에서 만난 한 가족이 생각난다. 40대 부부와 아이 둘이서 공원을 뛰어다니며 아이스크림을 먹고 있었다. 마침 지나가다 목소리를 들어보니 한국 사람들이어서 잠시 이야기를 나눌 수 있었 다. "애들 방학 기간도 아닐 텐데, 어떻게 이렇게 멀리 나올 수 있었 어요? 참 보기 좋아요"라는 부러움이 담긴 나의 질문에 그의 대답은 잠시 나의 미소를 멈추게 하였다. "20대부터 우리 부부는 정말 열심히 내일을 위해 살았어요. 지난 20년간 단 한 번도 여행을 다녀본 적이 없었죠. 조금만 더 벌면 되니 기다리라며 서로를 다독이며 말이죠, 그런데 말이에요, 제가 폐암 판정을 받았어요. 삶에서 크게 잘못한 것도 없고, 그냥 미래를 위해 저축하고 열심히 살기만 했는데 말이지요…. 그래서 더 늦기 전에 소중한 가족과 함께하고 싶어서 모든 것을 내려두고 1달간 해외여행을 결심하게 되었답니다. 의사 선생님께서 남은 기간이 그리 많지 않대요. 가장 행복한 일을 하고 좋은 추억을 가족들에게 만들어주고 가라고 저에게 말씀하셨어요" 그의 말을 들으며 호수에 비쳐 아른거리는 눈물이 나의 시선을 멈추게 하였다.

누구나 지난 시간을 돌아보면 후회로 얼룩진 세월이 있다. 그 시간들 사이에서도 간혹 보이는 즐거웠던, 그나마 희망이라는 이름으로 우리를 숨 쉬게 한 일들이 있다면 그곳에는 반드시 사랑하는 사람과 여행이 함께 하였다.

여행을 너무 어렵게만 생각할 문제는 아니다. 무조건 비행기를 타야만 여행이 아니고, 바쁜 일정에 휴가까지 내는 문제가 아니라는 말이다. 사랑하는 부모님과 함께 1시간 거리의 교외로 나가서 따뜻한 잔치국수 한 그릇을 먹는 것도 여행이고, 어느새 나보다 훌쩍 커버린, 목숨보다 소중한 내 아이들과 주말에 산행하는 것도 여행이다. 즉 시간과 돈에 너무 신경을 쓸 필요가 없는 것이다.

다시 한 번 강조하지만, 함께 할 수 있을 때 함께하는 것이 가장 아름다운 여행이다. 한시외전에 보면 수욕정이풍부지(樹欲靜而風不止)라는 말이 나온다. 이 말의 원뜻은 나무는 조용히 있고 싶어도 바람이 멎지 않으니 뜻대로 되지 않는다는 말로 효도를 하려고 해도 부모가 살아계시지 않는다는 말이다. 얼마 전 70대 어르신들을 대상으로 한 강의가 있었다. 그들에게 "언제가 행복할까요?"라는 질문에 내가 들은 답은 무척이나 선명하였다. "시간이 되면 어디라고 함께 가고 싶어요. 그렇지만 애들이 너무 바쁘니 그런 말조차 못 하지요. 내게 남은 시간도 그리 많지는 않은데 말입니다"

여행을 굳이 시간과 비용을 버리는 일이라고 생각하면 큰 잘못이다. 버려야 다시 채움이 있는 법, 우리 인생은 은행 잔고처럼 같이 차변과 대변이 그대로 맞아떨어지는 회계학적 사고로는 풀 수 없는 드라마이다.

그냥 버리고 지금 떠나라!

여행의 또 다른 의미는 돌아오는 길에서 피날레를 펼친다. 여행을 가기 전의 설렘이 축제의 전야제라고 표현한다면, 여행은 그 절정, 행복의 꼭대기를 점령하는 것이다. 하지만 여행은 내려오는 길이 다른 길과 달리 아름답다.

해 질 무렵 집으로 돌아오는 길, 다시 나를 맞이해주는 따스한 집이 있다는 사실만으로 행복해질 수 있다. 스트레스도 해석하기 나름이듯이, 돌아오는 길이 아쉬움으로 장식되는 영화의 마지막이 아니라 또 다른 시작을 말하는 예고편이라 생각한다면, 해질녘 귀에 들리는 라디오 소리가 더 은은하고 향기롭게 들릴 수 있을 것이다. 많은 것을 두고 가더라도, 돌아올 때는 우리의 마음은 행복이라는 그리고 만족이라는 감정으로 가득할 수 있다.

삶이라는 여행에서 우리는 지금 어떤 여정으로 하루를 보내고 있는가? 사랑하는 사람과의 시간이 얼마나 남았다고 자신하는가? 핸드폰의 충전상태를 볼 수 있듯이 알 수만 있다면 우리는 어쩌면 더 오늘을 그리고 사랑하는 사람과의 시간을 더 가질지 모른다.
영원히 살 것이라는 착각의 늪에서 너무 늦게 빠져나올 즈음에는 어쩌면 당신의 우울한 긴 그림자만 함께 할 수 있을지, 그렇지 않기 위해서 모멘토 모리를 한 번 정도 생각해보는 주말이 되면 어떨까 한다.

어느 길로 가야 할지 더 이상 알 수 없을 때,
그때가 비로소 진정한 여행의 시작이다.
나짐 히크메트

오늘이
행복하지 못한 이유

제행무상(諸行無常), 불교의 대표적인 명제 중 하나인 이 말은 우리가 거처(居處)하는 우주 만물은 항상 변(變)하여 잠시도 같은 모양으로 존재하지 않는다는, 즉 영원한 것은 하나도 없음을 뜻하는 말이다. 하지만 이 말이 근대에 들어오면서 인생무상이라는 말과 혼동하여 덧없음을 표현하는 허무주의로 해석되기도 한다. 이 단어를 접할 때면 나는 "항상 깨어있으라"고 덧붙여 말한다. 세상 모든 것은 수시로 변하기에 어떻게 될지 모르는 내일만을 위해 살지 않기를…. 정말 소중한 것은 오늘이고, 오늘을 잘 살기 위해서는 항시 깨어있어야만 마음이 뺏기지 않기 때문이라 말한다.

삶에서 느끼는 모든 불편함, 즉 건강이나 인간관계 역시, 영원하지 않다는 것을 알고, 그곳에서 집착하지 않는다면 오늘의 아픔과 고통에서 한걸음 정도는 뒤로 물러설 수 있다. 내 마음보다 나를 더 잘 안다던 사람이 어느 순간 얼음만큼이나 차갑다는 것을 느낄 때, 우리는 좋았던 오늘을 버리고, 어제의 기억 속에서 살며, 앞으로 다가올 외로움에 대하여 공포를 느낀다. 즉 세상 모든 것은 변한다는 진리와 오늘이라는 명제를 잊는 것이다.

개나리보다 벚꽃을 사람들이 좋아하는 이유는 무엇일까? 언제 지는지도 모르고 사방천지 볼 수 있는 개나리와 달리, 벚꽃은 그 아름다운 시간이 상대적으로 짧기 때문이다. 그 시기를 놓치면 금방 지기에 사람들은 일부러 시간을 내어 구경한다. 즉 우리 인간은 무한히 살 것 같은 착각 속에서 머물며, 변하지 않는 것을 좋아함에 불구하고 자세히 들여다보면 한계성을 지닌 것에 더 소중함을 느낀다. 몇 년이고 변하지 않는 조화(造花)와 일주일도 채 살지 못하지만 촉촉한 온기를 느낄 수 있는 생화(生花) 중에 무엇이 더 좋은가?

<죽은 시인의 사회>라는 영화에서 퀼팅 선생님이 제자들에게 한 말이 있다. 카르페 디엠, 카르페(Carpe)는 살아라, 디엠(Diem)은 오늘이라는 뜻이다. 즉 오늘을 살라는 이 말은 제행무상이라는 의미와 부합한다. 내일만을 위해 살아가는 삶에는 오늘이 없다. 어떤 목표를 향해 오늘을 희생하고 살아간다면, 그 목표를 이루었을 때 잠시의 행복뿐이다. 일주일이라는 시간을 위해 몇 년 동안 절약하여 모은 돈으로 해외여행이라도 다녀오면 좋겠지만, 그동안 충분히 누려야 했을 소소한 오늘이라는 기쁨과 작은 행복들은 어떻게 할 것인가? 목표를 이루었을 때 과연 쉴 수 있는가? 아니다. 오늘의 성공 뒤에는 또 다른 내일의 목표로 쉼 없이 달려야만 할지 모른다. 삶을 크게 볼 수 있을 때 우리는 인생 전체에 여유를 가지고 쫓기지 않는 삶을 살 수 있다.

이에 대하여 2500년 전 장자의 이야기를 떠올려본다. 하루는 장자가 어느 귀족의 집에 초대를 받아 갔는데, 그곳에 너무나 이쁘고 귀한 새가 한 마리 있는 것을 보았다. 가져가고 싶은 욕심에 다가가서 새를 가만히 보니 그 새가 사마귀를 먹으려고 하고 있었다. 그리고 그 사마귀를 가만히 보니 뒤에 있는 새를 미처 인식하고 있지 못하고 매미를 먹으려고 하고 있었다. 이것을 본 장자는 크게 깨우치었다고 한다. 내일만을 생각한 나머지 정작 오늘 자신의 주위에서 일어나는 중요한 일에는 미처 신경을 쓰지 못한다는 것을 말이다.

당신의 오늘이 행복하지 못한 이유는 어쩌면 내일만을 위해 살기 때문은 아닌가? 가장 바람직한 삶, 어쩌면 세상은 영원한 것이 없음을 알고, 인생의 마지막에서 가장 중요한 것이 무엇인지를 미리 아는 것! 그리고 찾아낸 그곳에 당신의 시간을 최대한 가치 있게 쓰는 것이 아닐까? 시간을 미리 역산해보자. 오늘 가장 가치 있게 하루를 보내야 하는 이유를 찾을 수 있을 것이다. 그리고 생각에서 그치지 않고 행동으로 옮길 수 있다면 실사구시(實事求是)하는 이 시대 진정한 현인(賢人)이라 말할 수 있을 것 같다.

우리에게 방해되는 것이 있다면 무엇일지에 대해 생각해본다. 무용(無用), 즉 쓸모없다는 말이다. 사람들이 다른 것을 다 버려도 버리기 힘든 것이 바로 자신을 알아주는, 인정받고 싶은 욕구라 한다. 그러기에 우리는 쓸모없는 사람이라는 말을 지극히 싫어한다. 하지만 수백 명의 사람이 쓸모없다고 하더라도 자신이 쓸모있는 사람이라 여기는 마음이 있으면 그것으로 충분하다. 그가 바로 진정한 자존감이고 남의 시선에서 벗어나 오늘을 사는 비결일 수 있다. 이를 무용지용(無用之用)이라 하여 남들이 알아주는 것보다 내가 나를 알아주는 것이 중요하다고 노장철학에서는 강조되어 진다.

사회가 만들어 놓은 칭찬과 박수에 너무 민감할 필요 없지만, 사람들은 본인의 인생에 집중하지 못하고 오늘을 살지 못한다. 남들의 눈에 집착하는 경향이 많기 때문이다. 석가모니가 세상을 떠날 때의 설법을 기록한 책, 불교 열반경에 니르바나라는 말이 있다. 여기서 니르(nir)는 꺼진다는 뜻이고, 바나(vana)는 불꽃이라는 말로 불꽃이 꺼지다. 즉 집착이 없어진다는 의미이다. 사람은 죽어야만 집착에서 벗어날 수 있을지에 대한 의문이 들지만, 벗어나려는 노력이 클 때 인생에서 느낄 수 있는 자유와 행복의 폭도 커질 수 있다.

오늘을 제대로 살기에도 바쁘다. 너무 가까이서 보면 자기 손바닥조차 잘 보이지 않는다. 때로는 뒤로 물러서서 살펴보는 시간이 필요하다. 말을 잘 하는 사람은 짧은 시간에 많은 이야기를 전하는 사람이 아니라 말에 호흡도 넣고, 적당히 쉼표를 언어에 담아가는 사람이다. 세상의 흐름을 오늘에서야 이해하였다고 해서 모든 것을 단숨에 해결하려는 욕심에서 벗어날 필요가 있다. 그리고 잠시 자리에서 떠나 우리의 숨을 고를 필요가 있다.

굿가이 콤플렉스

세상 사는 것이 참 어렵다고 느낄 때가 있다. 마음을 다해 사랑하지만, 전달방식이 문제인지 아니면 노력이 부족해서인지 도무지 생각조차 못 한 피드백을 받을 때가 있다. 그럴 때면 잘해주고 기대하지 말자며 지난날 후회 속에 다짐했던 자신을 몰아세우기에 바쁘다.

한때 친절은 세상을 아름답게 변화시킬 수 있는 촉매제가 된다고 생각하였다. 물론 지금도 그 생각에는 변함이 없지만, 문제는 바로 친절을 베푸는 사람의 상처받는 마음이 문제이다. 끊임없이 용솟음치는 사랑의 우물이 있다면야 무엇이 문제이겠느냐마는 친절도 사람의 문제인지라 때로는 물에 빠진 사람 건져주고 난 후 보따리를 요구하는 사람에게서 받는 상처. 그 아픔을 무시하며 살기란 쉬운 일이 아니다.

세상을 살며 보이지 않는 수많은 인간관계 속에서 우리는 친구라는 이름도 가지지만 때로는 적이라는 이름도 어쩔 수 없이 가질 수밖에 없다. 이즈음에서 어릴 적 무협지에서나 본 듯한 말 '인자무적'이 기억난다. 인자무적(仁者無敵), 어진 사람에게는 적이 없다는 이 말을 풀이하면, 사람이 항상 따뜻하고 친절하면 적이 없다는 말이다. 과연 그럴 수 있을까에 대한 답은 각자의 경험에 맡기기로 하더라도, 내 마음속에 해결하지 못하는 수많은 불만과 스트레스라는 찌꺼기는 어떻게 치울 것인가?

친절은 하되, 자신이 상처받지 않는 비결에 관하여 한동안 연구한 적이 있다. 수많은 비책 중에서 내 마음에 자리 잡은 한가지 대답은 바로 공자가 말한 과유불급(過猶不及)이라는 4글자에 들어있었다. 무엇이든 과한 것은 차라리 부족함만 못하다는 뜻. 즉 친절도 자신이 할 수 있는 범위에서 하고 그 친절이 자신의 기분이나 환경까지 변화시킬 정도가 되어서는 안 된다는 말이다. 심지어 사랑하는 사람이라 할지라도 자신의 모든 것을 다 주어서는 안 된다.

굿가이 콤플렉스(Good Guy Complex) 라고 들어보았는가? 쉽게 말해 굿가이 컴플렉스란 '착한 사람이 되어야 한다'는 강박관념이다. 이러한 강박관념을 가지고 있는 사람들은 절대 싫은 소리를 하지 못한다. 직장에서도 모임에서도 자기가 할 말을 못 하고, 부하직원에게 불만이 있어 뭔가 하고 싶은 말이 있어도 표현하지 않고 속으로만 상대를 미워한다. 심리학에서는 이런 것을 인지 부조화(cognitive dissonance)라고 한다. 불만은 있는데, 말을 하지 않는 것이다. 특히 이런 굿가이들은 사랑하는 사람들에게 더욱더 최선을 다해 그에게 몰입하지만, 나중에 상처를 쉽게 받는다.

이에 대하여 나는 호의(好意)도 정도를 지켜야 한다고 말하고 싶다.

7:3의 황금비율을 지키는 것이다. 자신의 말이나 표현을 모두 하지 말고 7할만큼만 쓰고 나머지 3할은 남겨놓아야 자신의 마음에 여유가 생기고 상대방과의 관계에서도 감정 범퍼와 같은 역할을 할 수 있는 공간이 생긴다는 것이다. 항상 누군가를 아낌없이 잘해준다면, 그 사랑을 받는 사람은 그 가치를 100 만큼 알지 못한다. 싫은 것은 싫다고 말하고 때로는 혼자 남겨두는 시간을 주는 것, 3할의 시간은 자신에게도 그리고 상대에게도 남겨두어야 할 필요가 있다.

명심보감에서도 맥락을 함께하는 구절이 있다.

> "사람을 만나 대화할 때는 말을 3/10만 하고,
> 진짜 속마음을 전부 털어놓으면 안 된다.
> 호랑이 3마리의 입을 두려워 말고,
> 사람이 2개의 모습을 가진 마음을 두려워하라."

사랑에 빠진 연인이 상처받는 이유 중 대부분은 '내 마음 같지 않은 당신' 때문이다. 너무 가까워서 가슴에 있는, 눈에 보이는 모든 말을 사랑이란 이름으로 다 해버리고 그만큼의 보상을 받지 못할 때 우리는 명심보감의 말을 기억해야 한다.

상처를 쉽게 받는 사람들이 또 누가 있을까 보면 자식을 향한 끝없는 짝사랑에 빠진 엄마들이다. 내 목숨보다 소중한 아이들이라 자신의 모든 것을 언제든 내어줄 각오로 살아가는 대한민국 엄마들을 볼 때마다 존경의 마음을 갖는다.

외국 친구들을 비교적 많이 만나는 나는 한국인과 외국인의 사고를 구분할 때, 그 내면에는 엄마의 절대적인 사랑이 기초한다고 말한다. 한국인들은 다른 민족에 비해 정이 많고 사람에 민감하다. 좋은 면으로 보면 인간미가 넘치는 민족이라 볼 수 있지만, 정작 개개인은 인간관계라는 이유로 힘들 때가 있다. 반대로 인정미는 좀 없을지는 몰라도 외국인들은 매우 독립적이고 현실적이다. 그리고 마음에 있는 말을 다 하지 않는다. 그래서 처음 외국인들과 이야기할 때 내가 주는 마음에 비해 때로는 쌀쌀맞다고 느낀 적이 한두 번이 아니었다.

그렇기 때문일까? 외국인들은 우리 한국인들보다 상처를 덜 받는 듯하다. 마음을 쉽게 보이지도 않고, 선뜻 모든 것을 오픈하지도 않는다. 그 대신 그들이 소통하는 또 다른 방법이 있다. 바로 경청(敬聽)과 공감(共感)이다. 그들은 70%를 듣고 30%에 반응한다. 심리학에서 말하는 7:3의 법칙과 같다. 아이러니하게 이 경청과 공감에는 공통으로 마음 심(心)자가 들어있다. 즉 온 마음을 다해서 듣고 공감한다는 의미이다.

사랑과 친절 역시 내가 좋아하는 방식으로만 해서는 안 된다. 상대가 좋아하는 방식으로 바꿀 수 있는 용기와 지혜가 필요하다. 보통의 사람들은 복잡한 세상, 내 마음의 결과 같지 않다면 더 이상 만남을 지속시킬 의미를 찾지 못한다. 사람들은 나름 단순하게 세상을 살아간다고 생각하지만 절대 그렇지 않다. 어쩌면 계산기보다 더 복잡한 계산기를 머리와 가슴에 담고 각기 계산을 한다. 머리로 하는 정량적 분석과 가슴으로 느끼며 계산되는 정성적 분석, 이 두 가지 분석의 통계 평균으로 자신이 준 것과 받은 것의 셈을 한다. 예를 들어 내가 준 부분에 대비하여 받을 때 금액적으로 환산할 수 있는 정량적 평가는 머리로 하고, 그 가치에 대하여는 가슴으로 정성적 평가를 한다는 말이다.

수많은 인간관계를 하면서 이러한 복잡한 공식이 싫다고 하지만 지금까지 살아본 바, 많은 사람이 좋든 싫든 이러한 논리에서 관계가 이어져 가는 것도 사실이다. 여기서 한 가지 말하고 싶은 것은 준 사람은 더 주었다고 생각하고, 받은 사람은 덜 받았다고 생각한다는 것이다. 따라서 인간관계를 잘 하기 위해서는 상대가 기대하는 것보다 더 주어야 기본은 했다고 생각하고, 받을 때는 조금 적게 받아도 충분히 받았다고 생각하면 되는 것이다.

굿가이, 이름만큼이나 좋은 것이 아니다. 하고 싶은 말을 다 하지 못하고 내 마음의 찌꺼기를 방치한 채 흘러간 아까운 세월은 다시 돌아오지 않는다. 잘해주고 상처받지 않기 위해서는 사람을 안 만나거나 소극적으로 만남을 이루어야 하는 것이 아니라 오히려 더 잘해주더라도 적게 오는 것이 당연하다 여기는 것, 그리고 어쩌다가 더 많은 기쁨을 선물로 받을 때는 그것이 당연한 것이 아니라 여기며 감사하는 마음이 오히려 우리의 마음을 더 평화롭게 만들 수 있을 것이다.

길 위의
철학자를 만나다

세상이 진보함에 따라 인간의 지식과 신체의 발육 측면만을 보면 과거와는 확연한 차이를 가진다. 모르는 한자가 있어서 옥편을 찾는 할아버지의 모습을 보고, 곁에 있던 손자가 주머니에서 스마트폰을 꺼내어 금세 가르쳐 드리기도 하고, 중학생이 된 아들보다 아버지의 모습이 더 작아 보일 때, 가시적으로 보이는 성장 속도에 사서삼경이나 논어의 이야기를 꺼내면 왠지 구석기(舊石器)적 사고를 하는 노인네라는 이야기를 할 듯하다. 발전하는 세상 가운데 살면서 지식과 신체의 양적 성장은 이루어지고 있지만, 이 두 가지를 조화롭게 이루는 질적 성장, 즉 삶을 풍요롭게 하기 위해서는 무엇이 필요할지 생각해본다.

이 물음에 대하여 "삶에서 배우는 지혜"를 오늘 말하고 싶다.

아침이면 공원에서 산책을 즐기는 나는 집을 나설 때 항상 이어폰을 준비한다. 햇살 좋은 날이면 걸으며 음악을 듣기도 하고, 보슬비가 내리는 날은 우산을 쓰고 강의도 듣는다. 두 가지 일을 동시에 부담 없이 할 수 있다는 장점에 이 시간이 즐겁다. 하지만 얼마 전부터 함께

하던 이어폰이 보이지 않는다. 나와의 인연이 다한 물건이라는 생각에 더 이상의 찾는 노력을 뒤로 한 채, 아쉬움을 안고 공원을 향한다.

익숙함에 젖어있다는 것은 삶이란 패턴 속에 같이 숨 쉬었다는 것인가? 늘 들으며 걷던 음악 소리가 들리질 않으니 발걸음이 무겁기만 하다. 그로부터 30분이 흘렀을까? 작은 음악 소리에도 충분히 보였을 법도 한 많은 것들이 처음처럼 느껴진다. 길가에 핀 장미꽃과 새들의 노랫소리, 햇살 아래 비치는 여러 풍경이 비로소 하나둘씩 내 눈에 맺히기 시작한다.

그리고 걷는 사람들, 공원의 이른 시간, 걷는 사람의 연령대는 70대 전후의 어르신들이었고, 그들의 귀에는 아무것도 꽂혀 있지 않다. 그들은 오늘 내가 처음으로 느낀 햇살을 온전히 즐기기도 하고, 다른 분들과 정겨운 이야기를 나누기도 한다.

앞서 걷던 두 할머니의 이야기가 조용한 공원, 산들바람을 타고 내 귓가에 전해온다.

"내가 말이지, 예전에는 참 성격이 좋다고 생각했었어. 근데 그게 절대 좋은 성격이 아니었던 거야. 아닌 것은 아니라고 말해서 바로 잡으려 했어. 때로는 사람들과 언쟁을 하기도 했고, 그래서 다소 소원한 시간을 보내기도 했지. 근데 말이야…. 이제 나이가 70줄에 들어서니 이런 생각이 들어. 화낼 시간이 어디 있어, 웃을 시간도 부족한데 말이지."

이 말을 들은 나는 길 위의 철학자를 만난 듯한 기분이 들었다. 그들의 대화를 계속 듣고 싶었던지 나의 발걸음은 조용히 그들을 따르고 있었다.

"그래 맞아, 맞는 말이야. 젊을 때는 남의 말을 듣기도 싫었고, 자존심 상하는 일이 있으면 싸움닭처럼 달려들기도 했지. 그것이 나를 바로 지키는 일이라 생각하면서 말이지."

논어에서는 나이 60이면 이순(耳順)이라 하여, 남이 어떤 말을 하더라도 귀에 거슬림이 없다고 했고, 70이면 고희(古稀)라고 하여 어떤 행동을 하더라도 그것이 순리에 어긋남이 없다 했다. 지천명(知天命)을 알아가는 나지만, 그들의 이야기는 이순과 고희라는 세월의 길을 착실하게 살아온 지혜로운 사람들의 대화로 들렸다.

심리학자 역시도 자신의 심리를 쉽게 조절하지 못한다. 다만 다른 이들보다 회복 탄력성이 빠르고 자신의 문제를 객관화시킬 수 있는 지식이 있어 평정심을 빨리 찾을 뿐이다.
그러기에 일반 사람들이 작은 반성들로 어제를 보내고, 내일은 오늘 같지 않으리라는 희망을 품는 것은 당연하고 바람직하다. 화를 내는 시간도 소중한 내 남은 생의 한 부분이다. 마치 영화의 한 장면처럼 화를 낸다고 해서 그 시간만큼 더 삶이 연장되는 것이 아니다.

얼마 전 가깝다고 느끼며 지내는 사람이 기대 이하의 행동으로 그동

안의 신뢰가 무너진 적이 있었다. 삶이 어려워 그랬다고 치부하기에
는 나를 어떻게 보고 이런 행동을 했을까 하는 생각에 한동안 화를
가라앉히기가 힘들었다. 웃고 있다고 해서 친절한 사람을 이용하려는
것은 눈앞의 이익을 좇는 잘못된 행동이다. 정말 말 못 할 사정이 있
었다면 미리 양해를 구하거나 중간에 말이라도 했어야만 한다.

평정심이 필요했던 시간이 지나자 더는 그를 원망하지 않았다. 그 사
람이 잘못된 것이 아니라, 그런 사람을 곁에 둔 나의 안목과 성격이
문제였다. '좋은 것이 좋다'는 말이 있다. 인간관계 역시도 내 마음을
언젠가는 알아주겠지라는 생각으로 관계를 쉽게 정리하지 못하고 때
로는 우유부단하게 이어가기도 한다.

나이가 들면서 이순과 고희의 세월을 잘 보내기 위해서는 적들이 있
는 전쟁에서 마음의 평온을 찾으려는 피나는 노력이 있어야 하는 것
이 아니라, 꽃이 피고 새들의 웃음소리가 들리는 곳에 자신을 두어야
만 한다. 그래야 남들의 말이 귀에 거슬리지 않고, 자신의 어떠한 행
동도 도에 벗어나지 않을 수 있다. 그러기 위해 인간관계를 정리하는
용기를 가져야만 한다.

쓰레기통만 정기적으로 비워주어야 할 것이 아니라 사람 관계도 이
런 노력이 필요하다. 농담 삼아 강연 중에 하는 말이 있다. 사람은 좀
처럼 변하지 않습니다. '비 오는 날 전봇대에 매일 올라가는 용기가
있지 않는 이상 말이지요'라고, 다시 말해 부정적인 사람은 늘 부정

적이라 곁에 두면 웃을 확률보다 화를 낼 확률이 더 높은 것이다. 비록 자신은 웃을 시간조차 부족하다는 사실을 잘 알면서도 말이다.

화낼 일을 줄인다고 해서 반드시 웃을 일이 비례적으로 많아지는 것은 아니지만, 작은 웃음을 만들면 큰 웃음으로 전염될 확률은 상대적으로 높다. 삶에서 작은 웃음을 만들 환경을 만드는 것은 바로 누구의 몫도 탓도 아니다. 오늘 당신의 주위에 있는 사람이 누군지 생각해보자.

산 정상에서 야호를 외치면 야호라는 소리가 메아리로 돌아온다. 아무리 산세가 좋다고 해서 욕을 하는데 메아리가 야호로 들릴 거라는 착각을 할 수는 없는 법이다.

나를 좋은 방향으로 자극해 줄 수 있는 사람, 늘 공부하고 배우려는 사람들 속에 자신을 두어야 한다. 전쟁터에서 혼자 이어폰을 꽂고 클래식을 듣는다고 해서 행복할 수 있겠는가?

오늘부터는 화낼 이유를 줄일 수 있는
환경을 자신에게 선물하여 보자,

화낼 시간이 어디 있어?
웃을 시간도 없는데….

때로는
그대로 있어도 괜찮다

서울에 놀러 온 경상도 사람들이 "억수로 좋다 카니까"라는 말을 듣고, 옆에 있던 중학생들이 그들을 일본사람인 줄 알았다는 우스갯소리, 경상도 방언 중에 '억수로'라는 말이 있다. 억수로라는 뜻을 아는가? 의미를 생각해보면, 억수같이 비가 많이 온다는 말이 있듯, 즉 많다, 상당하다는 말로 추측된다. 삶에 지친 사람들, 때로는 나에게 "억수로 행복한 적이 단 한 번이라도 있었으면 좋겠다"라고 말한다. 그가 내뱉는 한숨의 이면에는 '나 지금 억수로 힘드니 잠시라도 쉬었으면 좋겠다'는 바람이 묻어 있다.

힘듦에 대하여 독일의 시인 에리히 케스트너는 '요람과 무덤 사이에는 고통이 있었다'라고 했다. 다소 과장된 표현일 수도 있겠지만, 이 말을 처음 들었을 때 고통이라는 단어 대신 다른 단어, 즉 행복이나 즐거움이란 말을 떠올릴 수 있다면, 당신은 최소한 시인 에리히보다는 나은 삶을 산다고 해도 될 것이다. 하지만 신(神)으로 태어나지 못한 우리 인간은 그가 말했듯이 희로애락(喜怒哀樂)의 주기를 반복적으로 겪으면서 슬픔과 괴로움을 이겨내고, 때로는 고통을 외면하면서 살고 있다.

우리가 처음 고통을 느낀 순간은 언제인가? 엄마의 안전했던 뱃속을 나오며 세상과 만나는 그 순간, 지금까지와 다른 환경을 맞닥뜨린 큰 충격에 놀라 울음을 낸다. 비록 그 순간을 기억하진 못하지만, 이 시간부터 우리는 치열한 삶과 마주한다. 너무 비약적으로 말하는 것은 아닌지 모르겠지만, 에리히가 말했던 논리에 따르자면 언제나 고통은 삶과 동반하였다. 다만 행복과 기쁨이라는 그림자가 고통을 피할 수 있는 그늘을 만들 때면 고통이 덜 느껴질 뿐이라는 것이 내 지론이다.

고통에서 멀어지기 위한 노력, 인간이라면 무의식중에 누구나 하게 된다. 일하다가 힘들 때, 막걸리 한 잔을 하기도 하고, 늦게 마친 야근, 집에 돌아와 혼자 먹을 수 없을 만큼의 양을 주문하여 폭풍흡입을 하기도 한다. 잠시의 고통은 그러한 방법으로 본질적 해결이 아닌 임시방편으로 잊을 수 있다. 하지만 내일 아침 찾아온 두통이나 더 두꺼워진 뱃살을 보면서 더 심한 스트레스를 받는 악순환을 거치는 것도 고통의 또 다른 시작이다.

매일 새벽, 나는 산책하러 나간다. 어쩌다 비가 오는 날은 아이들의 알록달록한 비옷을 입고 공원을 향한다. 잠이 덜 깬 사람들, 땀을 흘리며 뛰는 사람들 모두 하나같이 열심이다. 그러다 지난달부터 어느 한 여성 한 분이 자주 눈에 보인다. 운동복이라기보다는 골프복이나 무대복과 같은 밝은색의 옷을 멋지게 차려입고 무언가 열심히 하고 있다. 마침 내가 스트레칭을 하던 곳과 멀리 떨어지지 않은 건물 뒤편이라 그녀가 무엇을 하는지 잘 보였다. 혼자 밝은 음악을 틀어놓고

열심히 춤을 추고 있다. 모르는 사람이 보면 약간 이상하다 싶을 정
도로 온 마음을 그 시간에 몰입하고 있다. 아마 그 순간 그녀는 다른
사람의 시선은 전혀 신경 쓰지 않았으리라 추측된다. 그녀가 누구인
지 알 수도 있는, 동네 사람들도 제법 있을 터인데 왜 그렇게 자신만
의 시간을 온전히 쓰려고 전력투구하는지 이유가 궁금하였다. 운동을
마치고 돌아오는 길, 우연히 마주친 동네 어르신에게 대답을 들을 수
있었다. 구체적인 병명까지는 모르지만, 몸이 매우 좋지 않았다고 한
다. 그래서 기 당시에는 무척 야윈 모습이었지만 최소한 지금은 건강
한 모습으로 후회하지 않을 자신의 삶을 살고 있는 듯 하였다.

그 모습을 보며 나는 또 다른 한 사람이 떠올랐다. 고등학교 선배인
한 소설가가 있다. 삶이 그를 속여 10여 년 전 그와 마지막 인사를
한 적이 있다. 암 선고를 받았던 그를 이 세상에서 다시는 볼 수 없
다는 이야기는 그를 사랑했던 사람들을 힘겹게 하였다. 선배는 얼마
후 모든 것을 정리하고 고향으로 돌아갔다. 더 이상의 병원 치료는
빠듯한 살림에, 남은 가족들에게 경제적으로 부담을 줄 뿐이었고 남
은 생은 사랑하는 자식들과 함께하고 싶은 마음이었으리라. 그 선배
가 아니라 누구라도 비슷한 입장이었다면 그런 생각의 범주에서 머
무르며 같은 결정을 내렸을지 모르지만 말이다.

그런데 몇 년이 지나도 그에게서 별다른 소식이 들리지 않았다. 그로
부터 상당한 시간이 흐른 후 알게 된 사실, 그는 기적적으로 사랑하
는 이들과 여전히 함께하고 있었다. 그 이유를 본인은 이렇게 말한

다. "맑은 공기에서 좋은 사람들과 욕심 없이, 그리고 눈치 보지 않고 내가 하고 싶은 것을 하고 살았기 때문"이라 한다.

숨 쉴만한 고통은 고통이 아니라고 어떤 이가 말한다. 더는 물러설 곳이 없는 상황, 삶의 끝자락에 서 있다는 느낌이 들 때 비로소 감히 고통이라는 말을 쓰라고 한다. 그러나 앞서 말한 두 사람의 고통보다 혹여라도 더 무거운 마음을 들고 있는 사람이 바로 당신이라면 나는 "내려놓는 용기"가 필요할지 모른다고 말하고 싶다.

이길 수 없는 고통이라면, 그 자체를 받아들여야 한다. 더 부정하지 않아야 한다. 가위에 눌린 새벽, 깨려고 더 노력하면 할수록 더 힘들 듯이 말이다. 무조건 고통이 나쁜 것이라 터부시하고 멀리해서는 고통을 이해할 수 없다. 무엇이든 현상파악이 중요하기에 고통의 본질과 해결책을 찾을 수 있는 의지만 있다면 지금 느끼고 있는 고통의 시간 역시, 삶의 일부분으로 아름답게 함께 숨을 쉴 수 있다.

살아가면서 생기는 모든 문제는 뭔가 중요한 사실을 깨닫게 해주기 위해 발생한다. 그러기에 오늘의 고통을 고통으로만 볼 것이 아니라, 내 삶, 그리고 우리 아이들에게 들려줄 교훈이자 귀한 경험이라 생각해보면 어떨까? 지금의 고통을 잘 이겨내어야 다음에 올 고통을 슬기롭게 이겨내고, 잘 피해 나갈 수도 있다는 것을 잊어서는 안 된다. 아쉽게도 고통의 무게는 사람에 따라 다르다. 그래서 나의 아픔이 다른 이들보다 10배 더 클 수도 있다. 소위 말하는 산전수전 겪은 내공을 가진 사람의 고통은 그렇지 않은 사람보다 가벼울 수밖에 없다. 내공을 현금지급기와 같이 입출금을 할 수도 없는 노릇이기에 내공은 그야말로 세월의 흐름에 인내심을 가지고 맡기는 수밖에 없다.

괜찮다. 때로는 그대로 있어도 괜찮다. 내려놓고 삶이란 물살에 몸을 맡기는 것도 말이다. 살아보니 모든 것은 지나가는 찰나이며, 순간이다. 그 순간들의 이어짐이 바로 삶이다. 삶을 때로 무겁다고 느낀다면 차라리 내려놓고 다른 어떤 것에 몰입하는 것은 어떨까?

소위 말하는 노력이라는 것을 제대로 한 번 해 볼 때가 되었다. 대학 기말고사도 아니고, 취업을 위한 면접시험도 아니다. 진정한 삶, 아름다운 내 삶의 후반기를 준비하기 위해 지금의 고통을 행복으로, 삶의 시각을 변화시킬 노력이 필요하다.

무원려, 필유근우
(無遠慮, 必有近憂)

세상 쉬운 일이 있을까? 공부하는 것이 제일 어렵다고 느꼈던 어린 시절, 어머니가 해주시는 밥을 먹으면 되었고, 학교를 마치면 친구들과 놀이터에서 노는 것은 그리 어려운 일이 아니었다. 아침에 일어나 잠들기 전까지 가족이라는 든든한 울타리와 소꿉놀이 친구들과의 시간 위에서 흐르는 하루는 평온하기만 하였다.

하지만 중학교, 고등학교를 거치면서 세상에 쉬운 일은 하나도 없다는 사실을 알게 된다. 특히 무엇을 얻기 위한다면 더욱 그러하다. 이런 의미에서 보면 '세상에 공짜가 없다'는 말은 진리에 가까운 말처럼 들린다. 지금 눈에 보이는 달콤한 게으름이 나중에는 어떤 모습으로 역습해 올지도 모르는데, 우리는 편함을 바라하고 촉각적인 반응에 쉽게 동요한다. 나 역시도 불혹의 나이를 거쳐, 지천명의 나이가 되면 하늘의 뜻을 모두 알지 못하더라도 어느 정도는 지혜로운 사람이 되지 않을까 기대하였지만 여전히 무식하기 이를 때 없다는 자조 섞인 목소리를 낼 때가 가끔 있다. 여기 평소 내가 가지고 있던 지식과 삶에 대한 지론을 간단히 풀어 설명해보려고 한다.

쉬운 것은 쉽게 잊혀지는 법

정보가 지혜로 인식될 수도 있는 시대에 우리는 살고 있다. 복잡한 것을 싫어하는 요즘 세대들에게 안다는 것은 때로는 지혜와 동일시되기도 한다. 얼마 전 강의를 마칠 무렵 한 분이 질문을 건넨다. "요즘 유튜브가 참 편한데 굳이 책을 볼 필요가 있을까요? 그냥 유튜브로 20분이면 어지간한 내용은 다 파악이 되잖아요. 그리고 재미도 있고요. 굳이 힘들게 책을 산다고 서점에 가 돈을 쓰고, 더군다나 작은 글씨는 눈에 들어오지도 않아요" 듣고 보니 그의 말이 이해는 간다. 작년 우리나라 성인의 평균 독서량이 1권이 되지 않는다는 충격적인 보도는 그만큼 독서인구가 줄었다는 말이고, 하루 평균 성인의 인터넷 사용량이 6시간을 넘는다는 이야기는 유튜버의 영향력이 신문이나 방송보다 더 위력적일 수 있다는 것이 그의 생각을 뒷받침하고 있는 듯하다.

나 또한 유튜브를 자주 보는 터라 이를 폄하할 생각은 전혀 없지만, 유튜브를 시청하는 것만큼 세상 편한 것은 없는 것 같다. 책에서와 같이 본론에 들어가기에 앞선 서론도 필요 없다. 유튜브는 바로 핵심적인 부분만을 일목요연하게 설명해준다. 하지만 짧은 시간에 답만을 찾을 수 있는 장점에 익숙해져 있는 우리는, 어쩌면 인내심이란 부분 역시 퇴화하고 있는지 모른다는 위험은 최소한 부담해야 한다.

손가락 위에서 손쉽게 보이는 정보들, 운전하면서도 들을 수 있고, 친구와 술자리 이후, 취기에도 얼마든 들을 수 있다. 이에 비해 책을 보기 위해서는 적당한 환경이 필요하다. 너무 시끄럽지 않아야 하고, 술을 마시고 보면 몇 장을 넘기기도 전에 꿈나라로 갈 공산이 크기 때문에 어느 정도 준비된 자세가 필수적이다.

이처럼 사전 절차 없이 쉽게 접할 수 있는 인터넷으로 인한 많은 순기능이 있지만, 배움이라는 측면에서 보면 아쉬운 점도 많이 남는다. 진정한 배움은 지식과 연결되어야 한다. 이에 대하여 법정 스님도 비슷한 말씀을 하였다.

> '참된 앎이란 타인에게서 빌려온 지식이 아니라
> 내 자신이 몸소 부딪쳐 체험한 것이어야 한다.
> 다른 무엇을 거쳐 아는 것은 기억이지, 앎이 아니다.
> 그것은 다른 사람이 안 것을 내가 긁어모은 것에 지나지 않는다.
> 그것은 내 것이 될 수 없다.'

단순한 내용의 답을 빠르게 원한다면 유튜브도 무방하지만 법정 스님의 말처럼 기억과 지식의 차이는 무척이나 크다고 할 수 있다. 기억은 가벼운 시간의 흐름 속에서 쉽게 잊히기도 하지만, 매일 자신이 경험하고 익히는 모든 것들은 세포 하나하나에 깃들어 평생을 함께하기도 한다. 이런 의미에서 책을 본다는 것은 글의 행간을 읽음으로써 작가와 함께 숨 쉴 기회를 접하는 순간의 연속이다.

진정한 지식은 형체가 정해진 그릇이 될 수 없다

공자는 군자불기(君子不器)라 하였다. 지식인이란 학문과 덕을 겸비하면서 충분한 경험을 가진 인격자를 말한다. 그래서 그릇처럼 국한되지 않는다고 했다. 그릇은 오직 한정된 물건만을 담을 수 있지만, 군자란 세상 만물을 포용하는 것이다. 즉 진정한 지식을 가지면 우리가 활용하고 적용할 수 있는 부분이 더 넓어지고 삶이 지혜로워질 수 있다. 이 때문에 나는 가끔은 책을 보라고 권한다. 물론 쉬운 일이 아니다. 어쩌면 당신에게는 세상 제일 어려운 일일 수도 있다.

기억과 지식의 사이, 쉬운 일과 그렇지 않은 갈림길에서 나 역시 하는 일이 있다. 바로 중국어 공부이다. 두껍지도 않은 책을 펼치기 전 하루에도 몇 번이나 고민한다. 온라인 동영상을 통해 그냥 듣기만 해도 좋지 않으냐는 핑계 그리고 지금 사용할 일도 없는데 매일 1시간씩 한다는 것이 다른 바쁜 우선순위의 일들과 내 머릿속에서 충돌하기 때문이다.

변명이나 핑계로 공부를 못하고 넘어갈 때도 있다. 이런 날은 꼭 학교에 가도 출석을 하지 않은 것처럼 마음이 편하질 않다. 살면서 한가지 깨달은 점은 모든 일에는 이유가 있고, 그 이유를 알기 전까지는 묵묵히 엉덩이로 일해야 한다는 점이다. 노안으로 가는 시기인지 요즘 들어 부쩍 한문 글씨가 보이질 않고, 공부할 때마다 지난달 배웠던 글조차도 다시 외우는 나를 보며 머리가 좋지 않다고 웃어넘기기도 하지만, 엉덩이를 의자에 붙이고 좀처럼 떼지 않으려 한다. 이럴 때 보면 참 세상 살기 어렵다고 느낀다.

세상 쉬운 것만 하다 보면 나이가 들어감에 따라 사람이 단순화될 수 있다. 단순화되는 것은 머리를 그만큼 덜 쓴다는 뜻이고, 고대부터 우리 인류가 그토록 멀리하려 했던 노화를 앞당기는 일이다. 학술지에 발표된 안티 에이징(Anti-againg) 노화 방지에 관한 연구를 보면 노화를 늦추는 길 중에 독서와 공부가 포함되어 있다. 인생은 마라톤이라고 말한다. 무사히 완주하려면 그리고 즐거운 인생의 후반기를 맞이하기 위해서는 세상 쉬운 것만 하는 것보다는 때로는 힘들더라도 지식이 담긴 책을 찾고, 선인들의 지혜를 빌리는 일이 어쩌면 요즘 시대 가장 현명한 선택일지 모른다.

무원려, 필유근우 (無遠慮, 必有近憂)
"사람이 깊은 사려가 없으면 반드시 가까운 근심이 생긴다."

넷,
새
롭
게 시
작
하
기

세상에서
무슨 소리가 가장 맑을꼬

일상으로의 회복이 정체되는 데 반해 올해도 물가는 야속하게 오르고 있다. 우리나라 사람이 좋아하는 기호식품인 커피 역시 마찬가지다. 원재료 가격이 인상되었다고는 하지만 한 잔, 5천 원이라는 뉴스를 보며 아침에 차를 끓이다 잠시 생각에 잠긴다. 추운 날씨 언 몸을 녹이며 따뜻한 밥 한 끼를 해결할 수 있는 기사 식당의 정식 가격이 5천 원 정도인 걸 고려해 본다면 지금의 커피 값은 쉽게 접근하기 어려운 수치이다. 물론 나 역시 누구보다 커피를 좋아하고, 에스프레소로 하루의 시작과 마감을 하는 애호가이기는 하지만 말이다. 하루에도 한두 번씩 방문하는 커피숍, 사람들은 자신이 마시는 커피의 가치를 무의식적으로 인정하며 주머니에서 지갑을 서슴없이 꺼낸다.

며칠 전 커피숍, 옆 테이블 사람들의 이야기가 귓가에 남는다. 그들이 잡은 잔에는 커피 이외에도 현재에 대한 불만과 변화를 원하는 바람이 담겨있었다. 물론 커피를 마시며 새로운 정보를 얻거나 위안과 위로를 받을 수 있다. 하지만 "보다 근본적이고 지속 가능한 변화를 원하면 어떻게 해야 할까?"라고 누군가 내게 물어본다면, 커피숍에

걸음 하는 대신 가끔은 서점을 향하라고 권하고 싶다. 하지만 우리나라 인구 50%가 작년에 책을 한 권도 읽지 않았다는 기사를 보면서 커피값은 쓰더라도 책을 구입하는 것은 인색한 듯하다는 생각을 지울 수가 없다.

책을 읽지 않는다는 의미는 고정된 생각의 틀에 갇히기 쉽다는 뜻이다. 변화하려면 새로운 지식을 얻어야 하고, 얻은 지식을 자신의 것으로 만드는 데는 절대적인 시간도 필요하다. 책은 모티베이터의 역할을 충분히 한다. 장석주 작가의 <내가 읽은 책이 곧 나의 우주다>라는 책 제목에서 알 수 있듯이, 능동적인 자세를 가진 책읽기는 지식과 지혜의 확장이 이루어져 한 사람의 세계관과 정신, 마음의 깊이를 성장시킨다.

번잡한 일상들로 마음이 평온하지 않을 때는 종이 위의 활자들이 눈에 제대로 들어오지도, 마음에 와닿지 않기도 한다. 그렇기에 책 대신 손쉽게 지식을 구할 수 있는 SNS나 유튜브가 책의 역할을 대신하기도 한다고 혹자는 말한다. 하지만 책과 대체재들은 사뭇 다르다. 책을 내기 위해 작가가 수년에 걸쳐 연구하고 사색한 것과 달리, 보다 자극적이고 시각적인 내용으로 짧은 시간 만들어낸 자료들에서 지식과 재미는 구할 수는 있을지 몰라도, 사고(思考)의 시간을 갖기는 어렵기 때문이다.

좋은 책을 읽다 덮을 때면, 생각의 호수에 내 마음이 다다른다. 그럴 때면 지난 삶을 반추하게 되고, 주위 다른 이들의 삶의 결을 느낄 수 있는 여유를 찾게도 된다. 책을 본다는 것은 삶을 깊게 바라보게 하고 느림의 즐거움을 알게 해준다. 책은 흐르는 시간 속에서 머무르게도 하고, 과거로 되돌아갈 수도 있는 타임머신과 같은 역할을 하기도 한다. 그러므로 책은 눈이 아닌 가슴으로 보고 마음에 담아야 한다. 책을 가까이하는 사람과 이야기할 때면 독특한 향기를 느낄 수 있다. 단순하고 표면적인 지식이 아니라, 담백하지만 정리된 사고를 하는, 깊게 우러난 차의 맛이 대화 중에 느껴진다.

논어 위령공편을 보면 책과 사고에 대한 귀한 이야기가 나온다.

> 책을 읽기만 하고 생각하지 않으면 속기 쉽고,
> 생각만 하고 책을 읽지 않으면 위태로워진다.

새로운 삶, 더 나은 내일을 꿈꾼다면 반드시 어제와 다른 오늘이 있어야 한다. 이솝우화에서 '개미와 베짱이'의 베짱이와 같이 '누워서 입만 살아있다'가 만약 당신의 이야기처럼 들린다면 내일이 위태로울 수밖에 없다.

진정한 나를 찾을 방법 또한 책에 있다는 것을 다산의 삶에서 찾을 수 있다. 다산 정약용, 그는 다방면에 거쳐 책을 펴냈고, 그 양은 500권이 넘는다. 두보를 능가하는 시인이자, 화성축성, 기중기를 설계한

토목공학자이자, 백성들을 위해 마과회통, 촌병흑치 등의 의학서를 저술한 의학자이기도 했다. 수많은 업적을 남긴 다산이 만들어질 수 있었던 가장 중요한 것은 바로 방대한 독서였다. 그가 아들과의 서신에서 유배지라는 환경에 굴복하지 않고 자신을 온전히 지키는 방법은 독서에 있다고 하였다. 그는 책 읽는 것이 진정한 나를 만들어내는 것이라 했으며, 책 읽는 소리가 가장 아름답다고도 하였다.

세상에서 무슨 소리가 가장 맑을꼬,
눈 쌓인 깊은 산속의 글 읽는 소리로세,

부득상북독서성

'책을 읽는다는 것은 기적을 만들어 간다는 것이다. 좋은 책을 읽는다는 것은 과거의 가장 훌륭한 사람들과 대화하는 것이다'라는 르네 데카르트의 명언처럼 좋은 책을 읽는다는 것은 훌륭한 스승을 곁에 두는 것과 같다. 인생의 나침반과 같이 좋은 스승을 곁에 둔다면 삶을 나아가는 방향 또한 지혜롭게 향할 수 있을 것이다. 세상을 바라보는 눈과 삶을 대하는 태도가 달라짐을 느낄 수 있을 것이다. 나 자신을 되돌아보고 더욱 근본적인 문제 해결을 모색할 수 있으며 꾸준한 독서를 통해 지속 가능한 변화도 가능케 할 것이다.

이번 달이 가기 전에 책 한 권으로
마음이 새로운 우주를 맛볼 수 있는
기회를 주어야 한다.
어제와 다른 내일을 꿈꾼다면
때로는 커피숍이 아닌
서점에 우리의
마음이 있어야 한다.

돼지가 될지
소크라테스 될지는 당신의 몫이다

누구나 하루 중 행복한 시간이 있다. 그 시간들의 특징은 다른 시간에 비해 가치 있다 여길 가능성이 높다. 물 흐르듯이 넘치는 시간이라 생각도 하지만 정작 무엇을 시작하려면 시간이 없다는 변명이 일색(一色)인 나를 대할 때면, 외면하고 싶을 때가 있기도 하다.

나에게 행복한 시간은 하루 중 몇 구간이 있다. 번잡한 마음을 잠재우는 유일한 시간, 눈을 감고 기도할 때, 걸어야 산다는 의사의 말처럼, 아침이면 공원에서 걸을 때, 그리고 중국어 공부를 할 때이다. 남들처럼 고액의 과외를 받는 것도 아니고, 정기적으로 만날 수 있는 중국인 친구가 있는 것도 아니다. 어쩌면 외로운 공부라 스스로 생각할 수 있지만 난 공부하는 40분의 시간이 좋다.

어려운 단어를 쉽게 외우지 못하는 내 머리를 보고, 비늘처럼 가녀린 한자가 눈에 안 보여 노안을 탓하기도 하지만 그 시간을 쉽게 놓지 못하는 이유는 몇 가지가 있다.

첫째, "노니 뭐하노"라는 생각이다. 삶은 누가 대신 살아주지 않는다. 그리고 누군가의 칭찬이나 인정으로 살아가지도 않는다. 빛없는 어두운 밤에도 내 마음이 밝으면 주위가 어둡지 않게 느껴진다. 공부한다는 것은 스스로를 기특하게 여기는 마음, 자존감을 조금 더 높여줄 수 있다. 비록 코로나로 해외로의 움직임이 자유롭지는 못하지만, 꿈을 꿀 수 있기 때문이다. 하늘은 스스로 노력하는 자에게 기회를 준다고 하였듯이, 누가 아는가? 중국으로의 진출이 다가오고 있을지 말이다. 비록 꿈이 꿈으로 끝나더라도 관계없다. 인생 자체가 일장춘몽인 것을 알기에,

둘째, "재미난 취미, 건강한 뇌"라는 의미를 덧붙여본다. 어떤 이는 서예나 명상으로 마음을 가다듬기도 한다. 다른 취미도 좋지만 내가 특히 외국어를 취미로 선택한 이유는 뇌 건강에 좋다는 사실이다. 치매가 이미 우리 삶의 일부가 된 오늘, 초고령사회로 진입하는 시점에서 통장의 잔액만으로 행복할 시점이 아니라는 것이다. 물론 경제적 자유가 행복의 조건이라는 의견에 공감은 하지만 필요충분조건은 아니라고 말하고 싶다. 얼마 전 나를 알아보지 못하는 칠순의 회장님을 병원에서 면회하고 오면서 건강한 뇌를 가지는데 외국어가 가장 좋은 방법이라는 보도가 다시금 떠올랐다.

셋째, "우물을 벗어나는 개구리"가 되고 싶기 때문이다. 외국어를 공부하다 보면 해외의 트렌드나 문화에 대하여 자연스럽게 공부하게 된다. 평소 고정관념에서 벗어나게 되고 생각의 프레임이 확장된다.

생각이 고체화되어서는 새로운 정보가 들어와도 흡수되지 않는다. 그런 의미에서 외국어를 공부하며 자연스럽게 배우는 내용은 마음의 흡수를 돕는 촉매제의 역할을 한다. 공부하며 책을 찾게 되고, 때로는 유튜브에서 해외 관련 내용도 보다 보면 우물 안의 개구리라는 소리는 안 들을 수도 있다.

공부라는 것은 참으로 외로운 자신과의 대화이다.

아무도 대답하지 않는다.

오직 혼자만 질문하는 힘든 시간일 수 있다.

그런 시간들이 깊어지고 삶에 접목되어 시야가 넓어지면

소위 말하는 지혜로운 사람으로 불릴 수도 있다.

배부른 돼지보다 배고픈 소크라테스가 좋다는 말에

공감하지 못한다면, 이 글을 읽을 필요가 없다.

하지만 조금이라도 고요했던 마음의 물결이 움직인다면

하루에 10분이라도 자신을 위해 가치 있는 시간을

새로이 만들어보면 어떨까?

나이가 든다는 의미

변화란 시간이 만드는 일인지라, 간격을 두고 보는 만남이란 변화를 느끼기 마련이다. 오랜만에 보는 사람의 작은 변화가 한눈에 보이는 것처럼 말이다. 요즘처럼 만남이 쉽지 않은 시기, 몇 해 만에 보는 지인의 얼굴에서 세월의 흔적이 여실히 느껴지곤 한다. 늙지 않을 것만 같았던 사람의 얼굴에도 어느새 주름이 잡히고, 탄력 있었던 피부도 중력의 힘을 이기지 못하는 것을 볼 때면 세월 앞에 장사는 없다는 생각이 든다.

인간을 포함한 동식물들은 출생과 더불어 성장을 거치며 노화의 시기를 맞는다. 영화 속 불멸의 존재가 아닌 이상, 눈으로 보이는 피부는 수분이 빠지면서 주름이 지고, 몸속 보이지 않는 장기(臟器) 역시 시간의 흐름과 발맞추어 다소 느린 움직임으로 함께 살아간다. 21세기 최대의 발명품이 있다면 그것은 노화 방지 제품일 것이다. 그만큼 항노화(Anti-aging)가 국가를 불문하고 현 인류 최대의 바람처럼 인식되고 있다는 의미이다.

고대부터 인간은 늙는 것을 경계하며 최대한 젊음을 유지하려고 노력했다. 사막의 모래바람과 열대의 강렬한 태양 빛에도 불구하고 매혹적인 백옥 피부를 간직했다는 클레오파트라, 그녀의 젊음과 피부 관리법이 수천 년이 지난 오늘까지도 학습되고 회자되는 이유는 바로 젊음을 구하는 인간의 욕망 때문이다. 주기적으로 관리를 받고, 자신을 가꾸는 사람이 스스로를 더 존중하고 타인에게 사랑받는 모습일 거라는 생각에 조금의 부정도 없다. 하지만 정말 나이가 들어가는 것, 노화(老化)라는 것이 무조건 멀리하고 터부시해야 할 대상인가?

유명 패션잡지인 일루어(Allure)의 편집장인 미셸 리는 노화 방지라는 말을 더 이상 사용하지 않는다 했듯이 나이가 든다는 것에 대하여 부정적인 고정관념에서 벗어나 조금은 자유롭게 사고를 할 필요가 있다. 벨기에 패션디자이너 다이앤 본 퍼스텐버그는 "나이 드는 것은 누구도 어쩔 수 없다. 하지만 어떻게 나이 드느냐, 그것은 나 자신에게 달렸다"고 했고, 미국 연방 최고재판소 판사였던 올리버 웬델 홈스는 "70세의 젊은이가 된다는 것은 40세의 늙은이보다 훨씬 더 즐겁고 희망적이다"라고 하였다. 아름답게 나이 드는 것, 우리는 이제 그것에 좀 더 관심을 가질 필요가 있다. 팽팽하고 매끈한 구릿빛 피부가 아니라 주름이 잡힌 얼굴에서도 그 못지않은 신비로움과 매력을 느낄 수 있다. 다시 말해, 우리는 더 이상 나이가 듦에 대한 부정적인 인식을 먼저 가질 것이 아니라, 흐르는 세월에 따라 삶을 어떻게 더 아름답게 맞출 것인가에 관한 공부가 필요하다.

어떤 마음을 가지고 사느냐에 따라, 생물학적 노화가 진행된 사람이라도 열정적인 청년 못지않게 살 수 있다. 70대인 메이 머스크(Maye Musk)는 2017년부터 세계적인 화장품브랜드인 커버걸의 공식 모델로 활동하고 있다. 100세 철학자인 우리나라 김형석 교수 역시 왕성한 강연과 집필을 하는 것을 보면 나이가 든다는 이유로 결코 꿈을 포기해서는 안 된다는 그의 말이야말로 명언일지 모른다.

나이가 든다는 것, 젊은 시절의 경험을 바탕으로 후배들에게 행복의 지름길을 안내해줄 수 있고, 실패의 아픔을 함께할 수 있는 마음의 공간을 가진 든든한 선배가 된다는 의미이다. 또한, 삶을 보다 진솔하게 살 준비가 되었다는 의미이기도 하다. 스위스의 심리학자 칼 융이 말했던 수많은 페르소나, 즉 가면을 벗고 진심으로 자신이 좋아하는 가치 있는 시간에 몰입하고 삶을 정돈할 시기가 도래했다는 것이다. 비싼 음식과 옷들로 자신을 내보이던 시간의 울타리에서 벗어나, 모래가 고운 공원이 보이면 양말을 벗어 맨발로 땅을 느껴보고, 비오는 날 허름한 선술집에서 들려오는 노래에 혼자라도 들어가 소주한 잔을 마실 수 있는, 행복을 취할 수 있는 사람이 되어가는 것이다.

잘 살아간다는 것은 잘 나이 든다는 의미로 해석될 수 있다. 제대로 나이 드는 사람들은 매력적이다. 그들은 무엇이 중요한지에 대한 가치를 잘 알고, 시간의 제한 속에서도 우선순위를 제대로 둘 수 있는 혜안(慧眼)을 가진다. 지금의 소중함 역시 잘 알 수 있는 시기에 우리는 살고 있다. 어릴 적 평생 늙지 않고 살 것만 같아 삶의 소중함도 모를 시기가 있었다. 하지만 아침마다 나에게 행복과 웃음을 주는 우리 강아지가 나보다 먼저 세상을 떠나리라는 것을 이제는 알기에 그와 함께 웃고 산책하는 오늘이 더 소중한지 알고 있다. 내일만을 위해 어제를 돌아보지 않고 가까운 사람들에게 더 이상 마음의 상처를 주지 않아도 되는 여유를 찾을 수 있고, 남은 삶을 어떻게 설계할지에 대하여 고민하는 총감독이 되는 시기이다.

아름다움,
비단 젊은이들의 소유물이 아니며 얼마나 더
아름답게 나이들 수 있느냐 하는 것은 우리의
마음속 늙지 않는 열정, 타인과 자신을
사랑하는 진심에 달렸다. 인생의 각 시기는
나름대로 아름다움이 있다.
어린이는 어린이다울 때, 청년은 청년다울 때,
노년은 노년일 때 가장 아름답다. 그러므로
나이 들어가는 것에 부담감보다는 마음 놓고
편안하게 나이 들어감을 즐겨보면 어떨까.

배움은
자신을 밝히는 일

신(神)과 인간의 차이점은 무엇일까? 아무리 현자(賢者)라 할지라도 신의 경지에 다다르지 못하는 이유는 앎이라는 차이에서 시작될 것이다. 인간은 미래에 대하여 알지 못하고 과거의 경험을 바탕으로 오늘을 살며 삶을 배워간다. 즉 출생과 동시에 학습을 통해 가정과 사회에서 적합한 행동 양식을 배운다. 하지만 이러한 배움은 나이가 들어감에 따라 삶에서 조금씩 멀어져 간다. 이번 주 졸업하는 대학생들의 나이가 20대임을 생각한다면, 남은 80년은 배움을 멀리하고 살아갈 수 있다는 의미로 해석될 수 있다.

대학 졸업 후 취업을 하고 결혼을 하며 부딪치는 많은 문제를 정답 중심의 교과서에서 찾을 수는 없음을 우리는 이미 알고 있다. 세월이 갈수록 교과서적 정답 찾기가 어려워지는 이유는 수많은 경우의 수와 각기 다른 개성을 가진 사람들로 우리가 예측할 수 있는 결과지가 너무 많아지기 때문이다. 이에 비싼 수업료의 실패 경험을 지불하며 삶에서 배워나가고 있다. 소중한 삶에서 밤잠을 설치게 하는 고민과 후회들로 아까운 시간을 빼앗기지 않게 하려면 어떻게 해야 할까?

나이가 들어가면서도 꾸준히 공부하는 것은 자신에게 질문을 던질 수 있는 힘을 준다. 공부하지 않는 사람들은 자가당착(自家撞着)에 빠지게 되고, 자기만의 세계관이 가장 합리적이라는 우를 범한다. 북경에서 공부할 때 만리장성을 다녀온 적이 있다. 그야말로 만 리에 달하는 긴 거리의 성인데도 불구하고 만리장성을 본 이들의 의견은 달랐다. 마치 눈을 감은 채 만진 코끼리가 각기 다른 형태로 인식되는 것처럼, 어떤 이는 팔달령에서 본 만리장성이 산에 있다고 하지만, 동쪽 끝 산해관에 있는 만리장성을 본 이는 바다에 있다 한다.

배움이 있는 사람은 절대 고집스럽지 않고, 교만하지 않다. 왜냐하면 신이 아닌 이상, 자신이 아는 것이 전부가 아님을 잘 알기에 겸손해질 수밖에 없다. 나이를 더해갈수록 아집과 편견의 틀에 갇히는 것이 아니라 현명한 삶을 살아가는 해답을 바로 논어(論語)에서도 찾을 수 있다.

논어(論語)의 제일 처음 글자가 배울 학(學)으로 시작하는 것으로 볼 때, 공자와 그의 제자들이 삶에 있어 배움이 얼마나 중요하다고 생각했는지를 알 수 있다. 배움은 혼탁한 세상에서도 자신의 마음만으로 삶을 어둠에서 벗어나게 할 수 있다. 진정한 배움이란 무엇일까에 대한 의문점이 든다. 페이스북이나 다른 SNS를 가득 채울 소위 말하는 스펙을 더 가지기 위해 보여주기를 위해 공부하는 이들이 적지 않다. 공부한다는 것, 자신을 돌아보고 삶에 도움이 된다는 의미보다 남에게 과시하는 성격으로 보일 때가 있다.

고지학자위기 금지학자위인 (古之學者爲己, 今之學者爲人

옛날에 공부함이란 자신 영혼을 돕는 데 있지만,

요즘에 배운다는 사람은 남을 위해 한다

이미 수천 년 전 논어에서 이미 오늘을 예견한 듯한 이 말은 오늘을
되돌아보게 만든다.

논어에서도 이야기한 바와 같이, 진정한 공부는 남이 알아주는 공부
가 아니다. 어두운 밤에 혼자 있더라도 마음이 밝으면 주위가 밝게
보이는 것처럼 자신의 마음을 밝혀주는 일이다. 나이가 들수록 배움
에 유연해질 필요가 있다. 고등학교 중간고사처럼 시험이 끝나자마자
공부한 내용을 잊어버리는 그런 공부에서 벗어나 스스로에게 좋은
질문을 던질 수 있는 배움을 시작하여야 한다.

남이 아닌 나를 위한 참 공부를 할수록 많은 질문이 생겨난다. 나를
둘러싼 문제들에 대한 참다운 해결방법을 찾는다면 올바른 질문을
던질 수 있는 힘이 있어야 하고, 이는 배움에 대한 갈증과 궁금증에
의해 생기는 것이다. 어떤 문제를 겪고 질문이 있게 되면 특정한 문
제를 해결하기 위해서 다양한 방법들을 생각하게 된다. 방법을 생각
하는 과정을 거치며 배움이 가능해진다.

이제는 흑백필름으로 기억되는 어릴 적, 한약방 하셨던 할아버지의
약방 다락, 그곳에는 약만 있지 않았다. 환자를 보시고 약을 지으시
면서도 시간이 허락할 때마다 할아버지는 손수 좋은 글을 직접 적으

셨다. 그 글들을 모아 책으로 내어도 될 만하였지만, 할아버지는 돌아가시기 전까지 한 권의 책도 내지 않으셨다. 그 글 중에 기억나는 한 대목 역시 논어의 학이(學而)편에 나오는 구절이다.

인부지여불온 불역군자호 (人不知而不慍 不亦君子乎)
사람들이 자신을 알아주지 않더라도 성내지 않으면
군자가 아니겠는가

나이가 들어감에 따라 배움과 가까이한다는 것은 반드시 답을 찾는 데 그 근원을 두지 않는다. 공부하면 할수록 질문하는 힘을 갖는 것이다. 사람은 생각해야 어제보다 성숙할 수 있고, 발전을 기대할 수 있다. 그럼, 생각하는 시간은 언제일까? 바로 질문을 하는 그 순간부터이다. 질문(質問)을 한문으로 풀어보면 바탕을 묻는 것이다. 즉 문제의 근원에 대하여 구하는 것이다. 영어 Arrogant라는 단어의 뜻은 교만한 사람이라는 뜻이지만 그 어원은 바로 질문이 없는 사람이다. 즉 질문이 없는 사람은 근원에 대하여 깊이 생각하지 않는 배움이 없는 사람이라는 뜻이다.

배움은 삶의 균형을 맞추게 해준다. 균형을 잡을 수 있는 것이 배움이다. 자신의 지혜, 믿음이 지나치면 다른 사람과 공감할 수 없다. 요즘처럼 얕은 지식으로도 살아가는 데 아무 지장이 없는 시대는 없었다. 실로 중요한 문제에 직면하더라도 인터넷을 통하여 질문하고 답을 쉽사리 얻을 때면, 가끔은 사고(思考)를 하고 살아가는지에 대한 의문이 든다. 쉽게 산다고 해서, 고민이 생겼을 때 문제를 풀 수 있는 능력도 쉽게 모두 얻는 것이 아니다. 진정한 배움은 어둠 속에서도 빛을 밝힐 수 있는 용기를 가지게 해준다. 남들의 시선과 평가에 구애받지도 않는다. 평판은 남들이 만들지만, 품격은 진정한 배움에서 만들어진다고 생각한다.

배움을 체화하고 실행하는 일은
순식간에 만들어지는 것이 아니기에
빗물을 담듯이 미리 저장해 놓아야 한다.
아니면 가뭄일 때
해결할 방법이 없다.

그대의 몸은
어디서 나왔는가

일상으로의 회복이 느려지는 시대, 예전보다 가정에서 보내는 시간이 많아지고 있다. 이에 그동안 알지 못하였던 가족의 사랑을 느끼는 일들도 많아지고 있다. 각기 다른 일정 속에서 보내던 시간을 집이란 울타리 속에서 함께 아침밥을 먹고, 저녁이면 웃으며 드라마를 시청하기도 한다. 가물에 콩 나듯 하던 전화도 코로나로 혹 아프실까 자주 통화도 하고, 면역력이 중요하다며 비타민을 사보내기도 한다. 하지만 모든 세상일이 그렇듯, 그의 반대의 경우도 있다. 사춘기의 아이들, 심지어 대학 입학한 아이들조차 속을 태우며 매일 전쟁을 해야하는 부모도 있다. 그렇기에 어떻게 하면 좋은 부모가 될지에 대한 고민으로 상담을 요청하는 이도 많으며, 따로 서적을 구해 보며 더 나은 부모가 되도록 노력하기도 한다.

세상 무엇이든 일방적으로만 흘러서는 절대 답이 찾을 수 없다는 것이 내 지론이다. 즉 자식은 도리를 하지 않고, 예(禮)가 무엇인지도 모른 채, 부모만 책임을 다하는 것은 가뭄에 언제 비가 내릴지 기다리는, 애타는 심정으로 하루하루를 보내는 힘든 마음일 수 있다. 어제도 재택치료를 하던 코로나 확진자인 60대 할머니가 귀천(歸天)하였다. 돌봐주는 사람이 없어 홀로 세상과 이별을 한 것이다. 생각보다 고독사하는 경우는 이제는 어렵지 않게 주위에서 찾아볼 수 있다. 동방예의지국이라고 자부하던 우리나라가 언제부터 예와 효에 대하여 이렇게 무디어졌는지 궁금하다.

요즘 무엇이든 다 알려준다는 강의사이트를 방문해 본다. 어떻게 하면 좋은 부모가 될까에 대한 부모교육은 페이지를 넘길 정도로 차고 넘친다. 하지만 어떻게 부모를 잘 모실까에 대한 강의는 거의 없다. 심지어 유튜브에서도 효도, 공경에 대한 키워드로 검색을 해보아도 생각보다 자료는 많지 않다.

얼마 전 "당신에게서 부모라는 이름은 어떤 의미인가요?"라는 질문에 '내가 살아가는 이유이죠', '나의 전부입니다', '엄마는 널 위해서라면 내 심장도 다 줄 수 있어'라고 대답조차도 울먹이던 부모들이 생각난다. 이 말을 들었을 때 불현듯 명심보감의 한 구절이 떠올랐다,

> "어린 자식의 똥오줌은 마음에 전혀 거리낌이 없으면서,
> 늙은 부모님의 눈물과 침이 떨어지면
> 도리어 미워하고 싫어하는 마음을 갖는데,
> 육척 그대의 몸은 어디서 나왔는가?"

그렇다. 집에 키우는 강아지가 혀로 얼굴을 핥아도 웃고, 똥오줌도

거리낌 없이 치우는 것을 볼 때 늙어가는 부모는 강아지보다 못하는 존재인지에 대한 씁쓸한 생각도 든다.

어제의 일이다. 일 년에 한두 번 오실까 말까 하는 아버님께서 집에 오셨다. 들어오시는 모습이 어쩐지 편하질 않다. 가만히 들어보니 오랜만에 오시는 길이라, 앞차와 작은 접촉사고가 있었던 것이다. 사고라고 할 것도 없이 브레이크가 조금 밀려 앞차와 닿은 것뿐인데, 젊은 여성 운전자는 화를 내면서 변상을 요구하였다. 놀란 아버지는 사진조차 한 장 찍지 않았고, 원하는 대로 해주니 여성과 동승자는 바로 병원으로 갔다고 한다. 사고가 났으면 보상을 하는 것은 당연한 일이다. 하지만 내가 가슴 아픈 일은 아버지가 늙으셨다는 것을 아는 것이다.

처음 이야기를 들었을 때 어떻게 사진 한 장 찍지 않을 수 있냐며, 보험회사 직원이 올 때까지는 기다려야 하지 않느냐고 답답한 마음에 나도 모르게 화를 내었나 보다. 이유는 그것이 대학 입학 후, 차를 사주시며 아버지께서 신신당부하며 일러주었던, 사고 이후 대처 매뉴얼이었기 때문이다. 십여 분이 지난 후 "나도 늙었는지 당황이 되니 내 전화번호까지도 기억이 나지 않더라"고 하신다. 경황없이 아직 가슴 두근거릴 아버지를 아들이 오히려 더 벼랑으로 몬 것이다. 차라리 냉수 한잔을 드리며 어디 다치신 곳은 없는지, 안아드리는 것이 도리이었지만 그러지 못하였다. 그리고 지난 30년 동안 크고 작은 사고를 내어도 말없이 나를 걱정해주시던 아버지였는데, 나라는 사람은 아직 멀었구나라는 생각이 든다.

책을 읽으면 반드시 행함이 있어야 한다. 눈으로 읽고 가슴으로 느끼더라도 행함이 없는 지식은 물과 기름과도 같다. 어제의 반성에 대하여 공자는 이렇게 내게 답한다.

부모유기질지우(父母唯其疾之憂), 즉 "부모는 오직 자식이 병들지 않을까 그것만을 걱정한다"라고 하였다. 또한, 논어에서 덧붙여 말하길, "부모의 잘못이 혹여 있을 때는 완곡하게 말씀을 드려야 하며, 부모님의 뜻을 따르기에 다소 어려움이 있더라도 가능하면 그 뜻을 어기지 말아야 한다. 또한, 자식은 화난 얼굴을 보이지 말아야 한다."

공자는 이미 2500년 전에 그의 제자들에게 삶을 제대로 살 수 있는 방법에 대하여 말하였다. 세상이 변하더라도 절대 변하지 않는 법칙들이 있고 그 근본으로 세상은 지금껏 움직여왔다. 얼굴의 생김새와 성격은 다르지만, 우리의 할아버지, 할아버지의 할아버지 역시 같은 고민과 성찰을 통해 세상에서 왔다가 돌아가시었다.

삶이 마치 영원할 것만 같은 사람들에게 묻고 싶다. 다시 하늘로 돌아갈 때 무엇을 가지고 갈 수 있을지 말이다. 세상과 하직하는 사람들에게 질문한 "무엇이 가장 후회되는가?"라는 말에 대부분 사람의 대답은 사랑하는 사람들에게 더 많이 표현하지 못하고 잘해주지 못한 것이었다.

우리의 조상들은 자식을 아끼고 사랑하였다.
그들이 심지어 세상을 떠난 후에도 말이다.
비록 안아 줄 수는 없지만, 후손들이
더 행복하기를,
그래서 효(孝)를 더 강조하였다.
당신들을 더 잘 봉양하길 바라서가 아니다.

부모가 돌아가시고 난 후에 내 새끼들이
덜 힘들고 덜 괴로워하라고 효를 가르친 것이다.

마음의 가계부를 쓰는 일

초등학생 시절, 일기(日記)라는 글을 적었다. 그 시절 일기란 매일 해야 하는 숙제의 대명사, 개학 무렵이면 방학 동안 미루어 둔 일기를 몰아 적기도 하였다. 그래서인지 일기에 대하여 좋은 기억을 가진 사람보다 그렇지 않은 이들이 많은 듯하다. 하지만 지금 돌이켜보면 일기는 좋은 습관을 가르쳐주는 참교육이었다. 나이가 들수록 시련이란 이름으로 세상을 조금씩 알아감에도 불구하고, 모르는 것보다 아는 것이 많다는 착각 속에 빠지며 우리는 오늘을 살고 있다. 모르는 것이 많던 어린 시절, 처음 경험한 일에 즐거웠던 내용을 적기도 하지만, 부모님의 마음을 아프게 했던 반성의 글도 제법 있었다. 그때의 일기는 글이라는 도구로서 성찰의 시간을 갖게 하였다.

글을 쓴다는 것. 어쩌면 마음의 가계부를 쓰는 일이다. 가계부를 쓴다고 해서 없던 수입이 더 생기는 것은 아니지만 돈의 흐름을 알고 불필요한 지출을 줄이며 반성할 수도 있다. 글을 쓴다는 일 역시 마찬가지이다. 지나간 일들을 돌아보기도 하고 때로는 후회와 새로운 다짐을 하는 시간을 자연스레 가지게 한다. 바쁘다는 이유로 우리는 앞을 향해서만 과감히 행진한다. 마치 개선장군이 전장에서 돌아오듯이 말이다. 돌아볼 여유가 있고 없고의 문제가 아니라 돌아보아야 한다는 의식조차 하지 않을 때가 많다. 글을 쓴다는 것은 지난 일들의 뼈아픈 실수의 통곡이 될 수도 있지만, 그 이상의 값진 시간을 선물한다. 성찰 없이 내일의 희망을 바라는 것은 모래 위에 성을 쌓는 것과 진배없지만 그 사실을 우리는 자주 잊는 듯하다.

글을 씀으로써 얻는 가장 큰 혜택은 바로 진정한 성찰이 가능하다는 것이다. 나 또한 돌이켜보면 마음이 평화로울 때 글을 쓰는 경우보다, 감정이 파도칠 때, 즉 괴롭거나 힘들 때 내 마음을 돌이켜보고 다독이는 시기에 펜을 잡는 듯하다. 마음을 다잡기 위해 묵언 수행까지 할 필요가 없다. 바로 글을 쓰다 보면 스스로 답을 찾을 수 있고, 마음속 자아(自我)를 만나 응원과 위로까지 받을 수 있기 때문이다.

글을 쓰는 것은 자신을 돌아보고 앞으로 나아갈 힘을 든든하게 받쳐주는 기둥과 같은 역할을 한다. 말로만 생각을 정리해서는 한눈에 정리가 되지 않거니와 기승전결에 따른 짜임새가 없다. 비록 낙서나 메모라 할지라도 생각을 글로 써 볼 때 비로소 정리되어 무엇이 부족하고 넘치는지에 대하여 파악할 수 있다. 스마트시대임에도 불구하고 기업 대표들이 항상 작은 수첩을 가지고 다니는 이유도 바로 여기에 있다. 메모하기 위함도 있지만 적으면서 스스로 정리되고 기억하기 때문이다. 흔히들 말하는 컨닝페이퍼 효과라고 들어본 적이 있는가? 시험을 앞둔 학생들이 아주 작은 메모지에 깨알 같은 글씨로 시험시간 동안 몰래 볼 내용을 종이에 적는 것이다. 아주 작은 글씨로 적다 보면 글씨를 잘못 적어 몇 번이고 새로 만들어야만 했다. 그러는 동안 기억을 하게 되며 결국 컨닝페이퍼는 필요 없게 되었다.

사람을 평가할 때 보통 무엇으로 하는가? 독심술을 가지거나 초능력을 가지고 있지 않고서는 한두 가지의 행동만으로 그 사람을 평가하는 것은 많은 오류를 가질 수 있다. 이에 중국 당서(唐書)를 보면 사람을 평가할 때 신언서판(身言書判)이라 하여 사람을 가리어 사귀었다. 즉 몸가짐을 어떻게 하는지, 말의 품격이 어떠한지, 현상에 대한 판단력이 어떠한지와 더불어 세 번째 한문 서(書), 바로 글쓰기가 있다. 사람을 평가할 수 있는 것이 바로 글쓰기라는 것이다. 글을 보면 그 사람이 보인다. 쉽게는 지식의 깊이를 가늠할 수 있고, 깊게는 삶의 결을 엿볼 수 있기 때문이다.

책을 쓰기 위한 글을 말하는 것이 아니다. 유명한 미국의 소설가였던 존 스타인백 역시 "첫 줄을 쓰는 것은 어마어마한 공포이자 마술이며 기도인 동시에 수줍음이다"라고 했듯이 처음이 어려운 일이다. 남들을 위한 글을 쓰는 것이 아니다. 베스트셀러를 위한 글이 아니다. 자신의 생각을 적어보고 뒤돌아보는 시간을 갖기 위한 첫 줄이 필요하다. 시작이 반인 것처럼 쓰기 시작하면 어제를 돌아볼 기회를 가질 수 있다.

글을 쓰지 않는다면 기존에 가지고 있는 고정된 관점에서 벗어나는 것이 어려울 수 있다. 너무 현상과 가까이 있어서는 심지어 지금 이 순간이 고통인지 행복인지조차 구별할 수 없기 때문이다. 우리는 누구나 아이였던 적이 있지만, 이 사실을 기억하는 어른은 거의 없다고 생텍쥐페리는 어린 왕자에서 말한다. 글을 쓰는 것은 어린 시절로 돌아가는 경건한 시간이고 마술이며 기적일 수 있다. 선입견과 편견은 보지도 않은 세상을 미리 고정된 프레임 속으로 가두어버린다. 연암 박지원이 검은 까마귀의 색이 보는 시선에 따라 검다고만 하지 않은 것처럼 우리는 또 다른 시각으로 세상을 보아야 한다. 늘 깨어있어야만 한다. 글은 그러한 힘을 키워줄 수 있다.

성인이 되면서 과연 자신을 돌아볼 기회가 언제였을까? 아마 대학을 졸업할 무렵이 마지막이 아니었을지 싶다. 그 이유는 취업을 위해 자기소개서를 쓰기 때문이다. 장점도 쓰지만, 글을 쓰면서 자신의 부족한 점이 무엇인지를 객관적으로 볼 수 있고, 사회에서 요구하는 인재가 되기 위해 앞으로 해야 할 노력을 글에서 찾을 수 있었다. 진정한 성찰, 도서관에서 눈으로 본 책의 숫자나 통장의 잔액과는 관계가 없다. 어제를 돌아볼 수 있는 진정한 반성은 어쩌면 조용히 자신을 돌아보는 글을 쓰는 순간에만 가능하다. 글을 써야 생각이 정리되고 뇌의 밀도가 높아진다. 아는데 표현하지 못한다는 것은 모르는 것이다. 글로 표현할 수 있는 것, 정리할 수 있는 것이 아는 것이다. 모호함에서 벗어나 명료함으로 추구하는 것이 바로 진정한 지혜이다.

인생은 컴퓨터 자판의 복사와 붙여넣기로 구성되어 있지도 않고, 그렇게 되어서도 안 된다. 그렇기에 어제보다 조금이라도 성숙한 오늘이 되고 싶다면 가슴속에 맺힌 응어리를 글로 적어보는 시간이 필요하다. 친구랑 수다를 떨고 오면 가슴이 시원해지는 것처럼, 내가 나에게 쓰는 글, 그 자체만으로도 가슴이 시원해지고 현상이 더 명확하게 보일 수 있다. 매슬로우가 말한 인간의 욕구 중, 가장 상위단계인 자아실현의 욕구를 충족하기 위해서도 다른 노력보다 스스로 가치를 객관적으로 알고, 분수에 맞는 안분지족(安分知足)이 가능한 상태에 우리를 거(居)하게 하는 가장 좋은 방법, 글쓰기에 대하여 오늘 생각하여 본다.

너를 만났다

인문학을 하는 측면에서 볼 때 나날이 발전하는 과학기술이 때로는 야속하게 느껴질 때가 있다. 너무나 빠르게 발전하는 현대사회에서 기계문명은 변화되고, 우리는 그 흐름을 따라가기 바쁠 때가 많기 때문이다. 그리고 새로움이라는 문명에 익숙하지 못한 사람은 마치 구시대의 사람처럼 여겨지는 경우도 적지 않다. 새로운 상품이 출시되고 사용법을 익히다 보면 삶은 더없이 편해지지만, 생각이라는 부분이 점차 설 자리가 없어지는 것이 문제이다. 하드웨어적인 발전만큼이나 우리 마음에 기초하는 소프트웨어적인 측면이 균형 있게 성장하지 못하고 있다. 그런 의미에서 과연 신기술이 우리 정서에는 어떤 순기능을 할 수 있을지에 대한 질문은 풀지 못하는 숙제 중 하나였다. 그러던 중 가상현실을 활용한 방송 다큐멘터리가 있어 눈여겨보고 있다.

이 프로그램은 갑작스럽게 세상을 떠난 이들을 VR기술을 이용하여 가상세계에서라도 재회(再會)시켜주는 내용이다. 놀이공원에 가면 쉽게 볼 수 있는 VR기기를 쓰면 눈에 가상현실이 보인다. 화면을 통해

가보지 않은 나라도 갈 수 있고, 이집트 미이라 무덤의 내부도 구경할 수 있어서 아이들에게 인기가 있다. 이런 기술들을 한층 더 정교하게 만들어 세상을 하직한 이와의 만남을 이루게 하여 준다.

사람으로 태어나서 가장 슬플 때를 꼽으라면 사랑하는 사람과의 이별일 것이다. 생로병사(生老病死)를 거치면서 결국에는 자연으로 돌아가는 것이 순리(順理)이건만 이별은 늘 뼈를 깎고 생살을 도려내는 아픔을 동반한다. 특히 준비하지 못한 이별이란, 남겨진 자들에게 평생 울어도 그치지 않을 그리움을 가슴에 담고 살아가는 것과 같다. 이별을 제대로 하지 못한 이들에게는 삶은 안타깝게도 정지상태에서 머무른다.

사랑하는 사람의 갑작스러운 죽음 앞에서 출연자들은 돌아가신 분에게 생전에 하고 싶었던 말을 다한다. "엄마 고마워, 지금까지 엄마는 여자로서 산 적이 없었잖아. 늘 우리를 위해 살기만 했었어. 꽃보다 더 아름다웠던 엄마, 다음에 태어나면 내 딸로 태어나줘. 내가 엄마 할게. 그리고 엄마에게서 받은 사랑보다 더 많이 해줄게. 엄마 미안해, 정말 미안해…."

그들의 말에는 진심이 담겨있다. 짧은 말이지만 세상 그 어떤 말보다 진실하고 담백하다. 그리고 그 눈물에는 후회와 사랑이 있었다. 슬픔은 남겨진 자의 몫이라 하더라도 떠나는 사람에게 마지막 인사를 제대로 할 기회는 있어야 했기에 이 프로그램 마지막 마무리는 가족과의 아름다운 기억을 뒤로 한 채 햇살이 비치는 하늘로 올라가는 장면으로 되어있다. 이 부분에서 출연자나 시청자들은 오열하기 시작한다. 비록 가상의 인물이라 할지라도 점차 희미해져 가는 얼굴을 보며, 조금이라도 더 붙잡고 싶은 마음, 그리고 온기가 느껴지는 따스함을 한 번이라도 안아볼 수 있다면 세상 모든 것과 바꿀 수도 있다며 목을 놓아 울고 또 운다.

세상 제일 미련한 사람이 지나간 일을 후회하는 사람이라고 누군가 말했지만, 나는 말하고 싶다. 행복하게 사는 사람은 살면서 후회를 적게 하는 사람이라고 말이다. 후회하지 않으며 살 수는 없다. 책상 위 계산기처럼 바로 두드려서 답이 나오는 공식 속에 우리의 삶이 존재하지 않기 때문이다. 때로는 계산할 수 없는 공식에서 정답이 나오기도 하고, 간단한 방정식에도 정답이라 생각한 부분이 오답으로 인식될 때가 자주 있기 때문이다. 인간관계가 다 그러하기에 이를 주제로 한 많은 책이 변치 않고 베스트셀러로 자리매김하고 있다.

이 프로그램을 볼 때 물음이 남는다. 남겨진 이들의 마음을 어떻게 달래야만 할까 그리고 후회하지 않는 삶이란 무엇인가라는 대명제이다. 먼저 남겨진 사람에게는 무엇이 필요할까? 따뜻한 위로도 좋겠지만 그들에게 필요한 것은 혼자만의 시간, 즉 애도(哀悼)의 기간이 필요하다. 예상치 못한 이별을 한 사람에게는 마음을 정리하고 추스를 시간이 야속하게도 주어지지 않는다. 흔들거리지도 않는 치아가 한순간에 뽑히는 듯한 강한 충격은 남은 사람의 몸과 마음에 영향을 미친다. 그 때문에 애도의 시간이 없는 사람은 한동안 현실을 받아들이지 못한다. 바보처럼 하늘만 바라보기도 하다가 현실이 느껴질 즈음이 되면, 시간을 돌려달라고 신에게 애절하게 무릎을 꿇기도 한다. 갑작스러운 이별의 충격에 때로는 극단적인 선택까지 하게도 된다.

이러한 면에서 이 프로그램은 비록 가상의 세계이지만 애도의 시간을 출연자에게 선물한다. 떠나간 사람은 떠나간 대로 이유가 있고 무심코 지나가는 세월은 또 그 나름의 이유가 있다. 다만 그 이유를 지금 알지 못하기에 너무나 힘들고 받아들이기 어려운 것이다. 헤어지고도 슬프지 않다면 그것은 진정 사랑하지 않았다는 의미이기도 하다.

때로는 죽음이라는 간단한 명제 앞에 삶을 세워두면, 우리가 오늘 어떻게 해야 행복할지가 잘 보인다. 정말 소중한 것이 무엇인지 모르고 같은 패턴으로 하루를 보내는 사람들, 내일만의 행복을 위해 오늘 내 어린 자아의 애절한 소리를 무시하고 살아온 사람들도 언젠가 다가올 이별과 죽음이라는 명제 앞에서는 똑같은 크기의 고민을 안을 수밖에 없다. 시간을 돌릴 수는 없지만 앞으로 남은 시간을 어떻게 보낼지에 대한 결정은 우리가 할 수 있다.

인생을 어느 정도 살아본 사람은 이해한다. 곁에 있음이 얼마나 소중한 것임을 말이다. 가장 편한 것이 숨 쉬는 일이지만, 우리는 기본적인 것의 고마움조차 잊고 산다. 아침에 눈 부신 햇살과 싱그러운 아침 공기 그리고 부모님, 가족이 곁에 있음을 너무나 당연한 것으로 여기고 살기에 감사하다는 말에 인색하기도 하다. 같이 살아있다는 그 자체만으로도 축복이고, 전화 걸 수 있고, 따뜻한 손을 잡는 것만으로도 행복이라는 사실을 우리는 때로는 너무 늦게 깨닫기도 한다.

우리는 바쁨이란 핑계로 부모님께 전화를 걸어도 다정스러운 말보다, 하고 싶은 말 만하고 끊어버릴 때가 있다. 그 때문에 부모님들은 자식 바쁠까 봐 전화조차 잘 하지 못한다. 그러나 아이러니하게도 이 방송에 출연했던 사람들은 그 반대의 말을 한다. "내가 하고픈 말은 별로 없어요. 그냥 엄마에게서 듣고 싶어요. 잘하고 있다. 사랑한다는 말⋯." 그들의 눈가를 붉게 적시는 말의 끝은 항상 조금 더 함께 이야기하고 싶었다는 말이었다.

덧없이 지나가는 세월 속에서

우리가 조금이라도 적게 후회할 수 있다면,

그리고 정말 그럴 수 있는 용기가 있다면

우리의 행복은 어제보다 훨씬 더 풍요로울 것이다.

지금 손에 들고 있는 핸드폰으로

사랑하는 사람에게 전화를 걸어보자,

그리고 따스한 목소리로 진심을 담아 보내보자,

행복이 그리 멀리 있지 않음을 느낄 때.

사랑하는 이가 아직 곁에 있다는 사실만으로도

마음은 어느새 따뜻해짐을 느낄 것이다.

이상한 변호사
우영우

나이가 들며 삶이 편해지는 이유 하나를 꼽으라면 세상 풍파를 지나오며, 이말 저말 다 들어보았기 때문에 그리 기분 나쁠 것도 없고 기분 좋을 것도 없다는 것을 알기 때문이다. 이러한 연유로 공자는 논어에서 나이 60이면 이순(耳順)이라 하여, 그 어떤 말을 들어도 귀에 거슬림이 없다고 말했는지 모른다.

크게 놀랄 일도 없는 세상, 흰머리만큼이나 삶의 지혜도 늘어나면 얼마나 좋겠냐고 자문해보기도 하지만, 말 때문에 받는 고통은 누구나 크게 다르지 않다. 상대가 무슨 말을 할지 미리 알 수 없기에 일방적으로 날아오는 가시 돋친 말들은 돌이 되어 마음의 벽이 되고, 칼이 되어 곱디 고운 마음에 상처를 내기도 한다.

사람 사는 일이 천층만층 구만층이라 '나 같은 사람'을 만나기란 불가능하다. 다만 비슷한 성향과 기질을 가진 사람끼리 조금 더 보고, 조금 더 의지하며 살아갈 뿐이다. 텔레파시로 소통할 수 있다면 굳이 말하지 않아 좋겠지만, 우리는 언어라는 매개를 이용하여 소통한다.

이 소통의 도구인 말, 평소에는 사랑의 언어로 달콤하기도 하고, 때로는 격려와 응원의 소리로 지친 마음을 일으켜 세우는 촉매제의 역할을 하기도 한다. 하지만 '나 같지 않은 당신'은 항상 내 마음이라는 울타리 안에 있지 않기에 서운해하기도 하고, 때로는 다투기도 한다.

아무리 가까운 사람이라 할지라도 살다가 섭섭한 경우는 생길 수 있다. 그때 우리는 무언의 몸짓으로 표현하기도 하지만, 때로는 직접적인 방법, 대화라는 방식을 선택하기도 한다. 잘못된 것도 없고 평소와 크게 다른 바 없는 대화이지만 (이럴 때 개인적으로는 시간을 두고 서로 대화하지 않기를 권하지만) 이 시기에 대화는 사뭇 다른 색을 가진다.

사람이 하고 싶은 말을 다 하게 되면 그 관계는 끝이 나기 쉽다. 그러기에 어느 정도는 가슴에 묻고 살아가는 것이 맞다. 하지만 스트레스 상태에서는 조절되지 않는 감정을 고스란히 토해낸다. 마치 누구 기억이 더 정확한지 확인하는 것처럼 섭섭함을 토로하며 자신이 이만큼 잘 참아왔다는 말을 하기 시작한다.

자기 생각이 정답이고 진실인 것처럼 상대에게 진심이라는 부제(副題)를 붙여 소리 없는 울부짖음을 알아달라고 말하지만, 상대는 그럴 생각이 없다. 왜냐하면, 자신도 똑같은 상황이기 때문이다. 다시 말해 비정상적인 마음 상태에서 하는 말의 주파수는 결코 타인의 마음까지 전달되지 못한다.

세상 가장 쉽게 상처받는 일 중 하나는 바로 말에서 시작된다.

말로서 천 냥 빚도 갚지만, 천 냥 이상의 손해도 볼 수 있는 것이 바로 말이다. 초등학교 시절 웅변을 배우러 다닌 기억이 난다. 남들 앞에서 말을 떨지 않고 잘하려는 바람으로 한 번 정도는 다녀보았을 웅변, 나이가 들어 웅변은 스피치라는 이름으로 배움을 이어나간다. 자기 생각을 조리 있게 정리해서 짜임새 있는 말로 자신을 표현하기 위함이다. 하지만 요즘 들어 '말을 굳이 잘해야 하는가?'에 대한 의문이 든다. 비록 말함이 어둔하더라도, 남들이 때로는 안타깝게 보더라도 진실성 있는 그리고 독이 없는 말이 더 아름답기 때문이다.

나이가 들며 사람은 자신의 말에 책임을 질 수 있어야 한다. 소위 잘나간다는 사람들을 만나다 보면 가끔 책임질 수 없는 말을 곧 잘한다. 마치 모든 것이 자신의 말 한마디에 해결될 것처럼 하다가, 정작 알고 보면 그냥 해 본 말이었고 근거 없고, 꼬리가 없는 말인 경우를 본다. 그럴 때면 지위에 맞지 않게 참 가볍다는 생각을 하며 실망을 한다. 그리고 그런 인연은 이어나가려 하지 않는다. 사람이 나이가 들며 해야 할 일 중 하나는 빈말이 줄어야 한다는 것이다. 아무리 취중이라도 말수가 늘어져서는 안 되고 지키지 못한 말은 하지 않는 것보다 못하다.

얼마 전 '이상한 변호사 우영우'라는 프로그램을 본 적이 있다. 자폐성 장애가 있지만 사건을 해결하는 그녀의 모습이 대견하고 흐뭇하다. 이 드라마에는 언변에 뛰어난 변호사들과 머리가 비상한 그리고 권력을 가진 사람들이 함께 등장한다. 현란한 말솜씨를 볼 때면 똑똑하다는 생각이 들기도 하지만, 주인공만큼 사건을 잘 파악하지 못한다. 그 이유를 곰곰이 생각해보면 그들의 생각은 정형화되어있었고, 말에는 혼이 들어있지 않았다. 눈에 보이는 것이 전부로 믿고, 보이지 않는 것은 진실이 아니라 마음속에 있는 말을 쉽게 내뱉기도 한다. 반대로 그녀의 말에는 진심(眞心)이 담겨 있다. 아니 타산지석의 마음으로 다른 이들의 아픔을 도와주려는 사랑까지 묻어있다. 그래서 무엇이든 느리지만 보는 시청자 역시 "그래 인생은 저렇게 살아야 하지"라며 공감하기도 한다.

나이가 들며 말에도 품격이 생기고, 경험을 통해 말의 결은 완성되어 간다. 좋은 경험을 많이 한 사람은 말에도 울림이 있고, 나쁜 환경에 오랜 시간 노출된 사람의 말의 결은 거칠 수밖에 없다. 좋은 사람도 나쁜 사람도 처음부터 정해지지 않는다. 좋은 사람을 만나면 좋은 사람이 되는 것이고 나쁜 사람을 만나면 자신도 그에 상응하게 적응하고 살아가는 것이 보이지 않는 인간의 본능이다.

말로서 상처를 주지 않고 말의 울림을 다른 이와 공감하기 위해서는 어떻게 해야 할까? 길이 아닌 길은 가지 않듯, 말 같지 않은 말은 하지 않으면 된다. 그리고 빨리 대답하려 뇌를 거치지 않는 듯 말하지 말고, 사고라는 프로세스를 거쳐 말은 해야 한다. 때로는 느리다는 이유로 억울한 말을 들을 수도 있다. 억울함을 풀려고 진흙탕에서 말을 섞을 수도 있지만, 때로는 그곳을 떠나는 것도 방법이다. 언젠가는 정화될 시기는 반드시 온다. 굳이 애써 자신을 말하려 하지 않아도 된다. 침묵은 최선의 대답이 될 수 있으며, 스트레스 받으며 힘겹게 지나간 시간은 절대 보상되지 않는다.

말,

진정 잘하는 비결은 내면에서 나오는

당당함에 있고 좋은 사람들과 함께 하는 삶의 결,

그곳에 답이 있다.

나를 완성해나가는 것은 명함에 무엇을 적느냐가 아니라

오늘 내가 하는 말에 달려있다는 것을 알았으면 좋겠다.

자기소개 스트레스

발표가 어려운가? 특히 처음 보는 사람들 앞에서 자신을 소개하는 자리가 어렵다고 느낀다면 그것은 매우 당연하다. 강의를 하는 나로서도 갑자기 앞에 나가 자기소개를 한다고 하면 머릿속이 갑자기 복잡해진다. 무슨 이야기로 시작할지, 어떻게 마무리를 해야 잘 전달될지에 대한 계산이 빠르게 시작되기 때문이다.

코로나의 그림자에서 벗어나고 있는 시기, 각종 모임이 많아짐에 따라 이 같은 질문을 많이 받는다. 이런 소개 자리 때문에 스트레스를 받는다고 말이다. 하지만 나는 이렇게 말하고 싶다. 어느 모임에서나 발생할 수 있는 이 같은 스트레스는 어쩔 수 없다. 매일 강의를 하는 나조차도 같은 경험을 하며 누구나 느끼는 같은 현상이니 그냥 시간을 즐기라고 말하고 싶다.

다만 그 떨림을 압박이나 중압감으로 해석하는 것이 아니라 내가 건강히 살아있다는 증거로 해석하고, 이번 기회를 통해 새로운 인연을 알아가는 시간을 만드는 것이라 생각해보면 어떨까라고 묻고 싶다.

스트레스의 대가 한스 셀리에 박사는 ″스트레스, 어떻게 해석하느냐에 따라 그것은 좋은 스트레스가 될 수도 있고, 나쁜 스트레스도 될 수 있다고 했다″ 그렇다. 스트레스의 농도를 조절하는 것은 외부환경이 아니라, 우리 내부의 조절관문이 있다는 사실을 명심해야 한다.

떨림은 때로는 듣는 사람들에게 마음의 문을 열어주는 역할도 한다. 매우 깔끔하고 멋들어진 소개는 때로는 쉽게 다가설 수 없는 벽을 만들기도 한다. 나와는 마치 다른 사람인 것처럼 말이다. 인간은 심리적으로 자신과 비슷한 사람들, 또는 자신보다 못하다 느끼는 사람들에게 쉽게 마음의 무장을 해제한다. 함께하고 싶은 사람, 다가가기 쉬운 사람은 바로 떨림을 가진 사람이다. 그러므로 떨림, 그 자체를 버려야 할 것으로 치부해서는 안 되는 것이다. 오히려 그 떨림을 무기로 즐겨야 하고 다가오는 인연을 맞이할 준비를 해야한다.

혹시라도 떨림에서 이제는 익숙한 이들, 소위 말하는 말 잘한다는 이들에게 한마디 덧붙이고 싶은 말이 있다면 바로 겸손이다. 이 세상 못난 사람은 별로 없다. 그러기에 스스로 자만심과 근거를 찾기 어려운 자존감으로 자기소개를 길게 하는 것은 차라리 말을 더듬으며 소개를 이어나가는 이보다 못하다.

자기소개의 근본적인 의미는 자랑의 시간이 아니라, 나는 이런 사람이니 친구가 되면 좋겠다고 마음의 문을 여는 시간이다. 20초라는 짧은 시간에 자신을 판매하는 TV 광고가 아니라는 것을 잊으면 안 될

다. 겸손은 마음의 문을 낮추기도 하고, 다가설 수 있는 용기를 듣는
사람들에게 선물한다.

삼인행 필유아사 (三人行 必有我師)

논어에 나오는 말이다. '세 사람이 길을 가면 반드시 나의 스승이 있
다는 단순한 의미이지만, 다른 사람의 부족한 면이 있다면, 타산지석
(他山之石) 삼아 자신의 부족한 면을 고쳐나가야 한다고 나는 해석한
다. 떨림을 아름다움으로 승화할 수 있고, 보이지 않는 겸손이 내면
에서 우러나는 사람을 우리는 흔히 친구라는 이름으로 부르려 노력
한다. 코로나가 잊혀지는 시기, 자기소개로 고민하는 이를 위해 내가
생각해본 스트레스의 해석방법이다.

감정치유 글쓰기

글을 쓴다는 것은 순수 자기 자신과의 대화이다. 어느 다른 사람의 말도 아닌 자신의 소리이다. 그러기에 글을 쓴다는 것은 마음 깊숙이 숨겨진 고통과의 대면일 수도 있고, 치유의 시간일 수 있으며 부끄러운 자기만의 언어일 수도 있다.

그러기에 글 쓰는 일은 절대 부담스러운 일이 될 수 없다. 세상 가장 가까운 사람, 자아와의 대화가 부담스러울 리가 없기 때문이다. 그런데 글이라고 하면 손사래를 치는 사람들이 의외로 많다. 글 쓰는 일은 소질이 없다면서 말이다. 가장 사랑하는 사람에게 쓰는 마음을 담은 솔직한 글을 쓰는데 왜 부담이 생기는지에 대하여 고민해 본다.

행복하지 못한 이유 중 하나는 남들의 시선 위에 자신의 행복을 올려놓기 때문이라 나는 강연장에서 강조한다. 글 역시 마찬가지인듯하다. 내가 좋은 글, 쓰면서 감정이 정화되는 글을 쓰면 어려울 일이 하나도 없다. 남들을 의식하는 순간, 나 역시 글은 무거워지고 마음은 좀처럼 어지러워 중심을 잡지 못한다.

가끔 글쓰기에 욕심이 내는 사람들이 있다. 글을 쓰고 싶다고 하지만 결국은 책을 내고 싶은 갈망이 있기 때문이다. 책을 내는 것이 요즘 시대 명함보다 더 좋은 스펙이 될 수도 있지만, 한가지 꼭 말하고 싶은 말이 있다.

두 마리의 토끼를 동시에 잡을 수는 없는 법, 한 마리를 먼저 잡아야 한다.

글을 쓰는 일과 책을 내는 일은 확연한 차이를 낸다.
책을 내기 위해서는 글을 쓰는 것은 맞지만, 글을 쓰는 것이 반드시 책과 연결되지 않는다. 즉 책을 내기 위한 글은 대상층을 고려하고 출판사의 마케팅 전략에 따라 독자를 의식할 수밖에 없기에 감정치유를 도와주는 글쓰기와는 다소 차이가 있을 수 있다.

글에 대하여 아직 모르는 사람에게 책을 내도록 도움을 준다는 것은 어쩌면 걸음마를 시작하는 아이에게 뛰거나 자전거를 타게 하는 것과 같다. 걷는 것에 익숙해지는 시간이 오면, 뛰는 것은 어렵지 않은 일이 된다. 또한, 자전거 역시 간단한 패턴만 안다면 넘어지지 않고 탈 수 있다. 글쓰기 역시 이와 크게 다르지 않다. 글을 쓰는 일에 마음을 두고 감정이 글에 녹아 있을 때, 비로소 좋은 글이 된다. 좋은 글들은 모여 퇴고의 시간을 거치면서 정리되어 책으로 태어난다.

책 쓰는 법은 생각보다 의외로 간단하다. 서론에 어떤 내용으로 시작하고, 본론에는 무엇을 강조해야 하며 그리고 결론을 깔끔하게 맺는 패턴을 알면 그리 많지 않은 시간에 책의 모양은 완성된다. 즉 하드웨어적인 프레임만을 만드는 일은 생각보다 그리 어렵지 않다는 말이다.

나 역시 책을 내면서도 몇몇 글쓰기 수업을 들어도 보았지만, 아쉽게도 글을 예쁘게 쓰는 법, 독자의 관심을 끄는 글, 출판사에 책이 선택되는 방법에 집중되는 것을 보았다. 요즘처럼 SNS가 발전하고 프레임을 쉽게 만드는 시대, 무엇보다 중요한 것은 유형의 책의 모습이 아니라, 그 안에 충실히 자신의 마음을 담은 글이 우선시 되어야 한다.

헤밍웨이가 말했다. 모든 초고는 쓰레기라고 말이다.

오늘 내가 쓰는 글이 베스트셀러가 되길 바라지 말자, 그럴 확률은 거의 없으므로 편하게 쓰레기를 버린다는 생각으로 마음속 찌꺼기를 펜을 들고 종이 위에 버리면 된다. 버리지 못한 감정의 찌꺼기들과 나를 도닥이는 글, 쓰는 동안 느끼는 카타르시스나 고통에서의 해방감, 경험해보지 않은 사람은 상상할 수 없다.

글 쓰는 동안 충분히 위로받고. 희망을 맛보라.
희망, 당신에게 필요한 단어라면 지금 글을 써보라.
희망이 있는 사람은 절대 쓰러지지 않으니 말이다.

과거의 나에게
보내는 편지

과거로 돌아가 편지 한 장을 나에게 전해줄 수 있다면 과연 무엇을 쓸 것인가? 앞으로 나에게 다가올 인연들에 대하여, 아니면 주식 변동에 대하여 살짝 이야기해 줄지 재미난 질문, 여러 생각에 잠겨 본다. 50년이라는 적지 않은 세월, 그리 애쓰지 않아도 되었던 사연들로 잠 못 이루며 뒤척였던 날들에 내가 그때의 나에게 하고 싶은 말은 과연 무엇일까?

겸손(謙遜)

사람은 주관적인 동물. 나 또한 마찬가지였을 것이다. 하지만 나만큼 객관적이고 합리적인 사람이 없다면서 내 생각이 전부인 것 마냥, 살지 않는지 자주 돌아보아야 한다. 자칫 오만한 생각은 말과 행동으로 이어지고 표현된다. 겸손해야 한다. 겸손은 친구를 모으지만 오만은 적을 만들 수 있음을 잊지 말자. 그러기 위해서는 책을 읽으며 늘 깨어있어야 한다. 나는 나를 객관적으로 보기 어렵기에 글을 쓰며 또 다른 나를 지켜볼 볼 시간을 가져야 한다.

준비(準備)

남들이 하는 이야기에 너무 많은 비중을 두지 마라, 그들의 말은 격려와 응원일 수 있다. 그 자체에 목숨을 걸고 핑크빛 환상에 사로잡혀서는 안 된다. 자신을 엄격한 잣대에 비추어야 한다. 자신을 스스로 평가한다는 것이 힘들겠지만, 이런 시간은 나를 성장시켜 줄 것이다. 무엇이든 잘 준비되어 있어야 사회라는 시장에서 잘 판매된다. 준비되지 않은 그리고 포장을 채 마치지도 않은 물건에 사람들은 눈길을 크게 주지 않는다. 혹여라도 안쓰러운 모습에 칭찬하고 격려하는 말을 겸손으로 대응해야 함에 불구하고, 오히려 그 말을 해 준 사람에게 집착하거나 '나의 날은 언제 오느냐?' 몰아세워서는 안 된다. 의미 없는 일에 시간을 쓰지 말고 오늘 하루 나를 엄격하게 생각해보자. 과연 내가 부족한 것은 무엇인지, 그리고 어떤 보완이 필요한지 말이다. 삶의 시간은 제한되어 있으니 말이다.

주연(主演)

고통의 한 가운데 서 있다 보면, 모든 일이 부정적으로 보인다. 하지만 시작이 있으면 끝도 있는 법, 끝나지 않는 게임, 그치지 않는 비는 없다. 우리 인생을 한 편의 영화라고 생각해보자. 그 안에는 수많은 조연과 등장인물들이 있다. 나는 영화의 주인공이다. 주인공이 힘들다고 계속 쓰러져있는 영화는 보지 못했다. 희로애락을 겪으면서도 최선을 다해 살아갈 때 하늘은 때로 인연이라는 뜻밖의 행운을 선물로 내려주기도 한다. 모든 일에는 끝이 있는 법, 그러니 오늘의 고통이 전부라고 생각하지 말고, 폭풍우 속에서도 잔잔한 음악을 틀고 몸을 흔들 수 있는 여유를 가져보자. 남들이 뭐라 하면 어떤가? 내가 주연인 것을 말이다.

한 장이라는 종이 위에 쓰고 싶은 말은 많지만,
여백을 남겨두고 싶은 것 또한 내 마음이다.
고운 모래와 같은 내 마음, 거친 자갈길을 피해 갈 지혜,
바람이 길을 내어 파도를 피할 행운까지 선물하고 싶지만,
여백으로 남겨두려 한다.

그 여백은 내가 만들어갈 시간이며 그 시간 안에서
나는 또 다른 용기를 배울 것이며,
또 다른 인연으로 삶을 이어나갈 수 있기 때문이다.
한순간 한순간 치열하게 살 나의 삶을 응원하며 이 편지보다는
새빨간 장미 한송이를 대신 전하고 싶다.

당당함을 잃어버린
실직한 친구에게

나이가 들어가며 마음속 희미해지는 한 가지가 있다면 무엇일까? 어쩌면 당당함이 아닐까 생각해본다. 어릴 적 꿈을 묻는 어른들의 질문에 야심 차게 '대통령'이라 말했던 기억, 한 번 정도는 있을 것이다. 대통령이 무슨 일을 하는지도 몰랐던 시절, 그저 하고 싶은 거 마음껏 할 수 있고, 사랑하는 엄마에게 무엇이라도 다 해드릴 수 있을 것만 같았던, 철없는 효심으로 말한 이도 있을 것이다. 그렇지만 초등학생의 어느 날, 크리스마스 산타할아버지가 세상에 없다는 사실을 아는 순간부터 현실을 직시하기 시작한다. 세상이 그리 마음먹은 대로만 되지 않는다는 것을 말이다.

하지만 대통령까지는 아니라 할지라도, 오늘을 살아가는데 당당함을 잊고 살 이유는 사실 없다. 오히려 나이가 들수록 당당함은 회복되어야 한다. 사람의 마음을 다칠 때를 기억해보면 자존감이라는 주전자에 당당함이라는 온도가 낮을 때 우리는 쉽게 상처를 받는다. 자존감이란 누가 알아주지 않더라도 내가 나를 인정해주고 사랑해 주는 힘, 그러나 내 존재가치가 너무나 희미해, 빛바래져 가는 잉크처럼 처량

하게 보일 때 우리의 마음은 얼룩지기 시작한다.

누구에게 의지하고 싶은 마음, 잘 보이고 싶은 마음이 생겨나는 순간 우리는 상대를 의식하기 시작한다. 내 인생을 주도적으로 이끌어나가려면 주위의 소리에 때로는 무뎌져야 함에도 말이다. 육즙이 흐르는 스테이크, 노란색 조명이 흐르는 레스토랑이 아니더라도, 비록 가진 것이 없어 국수 한 그릇에 배를 채우고, 봉지 커피 하나로 마음의 허기를 채울지라도 떳떳할 수 있다. 하지만 남을 의식하는 순간, 그 당당함은 점차 희미해져 간다.

갑자기 어려워진 회사 사정에 하루아침 출근할 곳을 잃었다는 친구의 전화가 온다. 당장이라도 무엇을 해야 한다면서 초조함이 그의 목소리에 가득 담겨있다. 그에게 당당함은 더 이상 존재하지 않았다.

일기예보에 태풍이 온다는 소식에 창문을 열어본다.
그리고 그에게 하고 싶은 말을 바람에 날려 보내본다.

세상은 생각보다 합리적이지 않단다. 그리고 주변에 일어나는 모든 일은 너에게 이해되도록 친절히 설명해주지도 않는다. 그러니 때로는 그냥 넘어가는 지혜도 필요하다. 네가 무엇을 잘못했기에 실직했는지 세상을 향해 물어볼 필요도, 가슴 아파할 일도 없다.

너의 잘못이 아니다. 그냥 때가 그렇게 되었기 때문에 그런 것뿐, 그러니 더는 초라한 모습으로 이불 밑에서 눈물을 훔칠 필요가 없다. 그동안 잊고 있었던 당당함을 찾는 시간을 가져보자. 작아도 없는 것보다는 좋다는 마음으로 오늘을 당당하게 살아보자.

방파제에 부서지는 파도처럼 깨어지는 마음에 눈물이 난다면 오늘까지만 허락하자. 삶이 그리 길지 않다. 슬퍼하는 만큼 다시 돌아올 수 있는 시간도 길어질 뿐이다. 지나가는 여름, 그 끝자락에 아픔도 같이 흘려 보내보자. 그리고 코발트 색, 코트 깃을 세울 가을이 올 때, 당당함으로 무장된 멋진 나를 상상하며 아침을 열어보길 바래본다.

가을을 담은
손편지

뜨거웠던 햇살 그리고 마르지 않던 우산, 긴 장마도 지나고, 저녁이면 귓전으로 느껴지는 선선한 바람이 가을을 속삭이는 듯하다. 가을이라는 단어를 떠올리면 무엇이 생각나는가? 어떤 이는 겨울을 준비하는 잠시의 시간이라 재미없게 이야기할 수도 있지만, 글을 좋아하는 나로서는 책을 보기 좋은 계절이라 말할 듯하다. 천고마비의 계절, 볼수록 깊어가는 푸른 하늘, 달콤한 커피 향기에 책을 펼치노라면 이만한 신선놀음이 따로 없다는 생각까지 든다.

책을 보다 보면 눈에 담기는 구절이 있다. 눈에 담겨지는 좋은 말은 가슴에 머물며 소중한 사람을 떠올리게도 한다. 마치 말랐던 우물에 물이 솟는 것처럼 그를 향한 감정이 분출된다. 그럴 때 나는 책을 덮는다. 그리고 책상 서랍에 비상약처럼 숨겨둔 고운 편지지를 꺼낸다. 그를 향한 내 마음을 종이 위에 꾹꾹 눌러 적어 내려간다. 마치 시집온 새색시가 처음 시댁에 온 듯한 조심스러움으로 내 마음을 펜 위에 전해본다.

손편지의 힘

손으로 쓴 글은 엄청난 힘을 가진다. 어느새 편지지보다 더 커진 모니터 앞에서 키보드를 두드리며 때로는 Delete 키를 쉽게 사용하고, 때로는 Cont＋C와 Cont＋V(복사와 붙여넣기)를 누르면서 쓰는 글과는 확연한 차이가 있다.

손편지의 가장 큰 효용은 받는 사람이 진심을 느낀다는 것이다. 비록 삐뚤게 쓴 글씨일지라도 한글자 한글자 천천히 생각하며 써 내려간 글자 안에서 진실한 마음이 느껴지기 때문이다. 이런 손편지는 아무리 오래 지나더라도 쉽게 버리질 못한다. 이 세상에 단 하나뿐인 나만을 위한 작품이기 때문이다.

이 글을 쓰면서 나 역시 초등학교 시절 짝사랑하던 친구에게 받은 손편지를 생각해본다. 무려 40년이 지나가지만, 이사를 할 때마다 버리지 않는 내 소중한 추억이다. 그래서 나는 소중한 사람에게 어떤 선물을 한다면 조명이 아름다운 호텔에서의 식사보다 마음을 담은 손편지를 써보라고 말하고 싶다. 아무리 맛있는 식사도, 함께 전해진 명품 가방도 시간이 지나면 맛도 멋도 빛이 바래진다. 하지만 손편지의 힘, 그 진실한 마음은 평생 마음에 담겨질 수 있기 때문이다.

어떻게 쓸까? 손편지

이 정도 말을 하면 오늘 저녁은 손편지를 한 번 써보고 싶다는 생각도 들지 모른다. 그런 이를 위해 손편지를 쓰는 요령에 대하여 내 생각을 한 번 전해보려 한다. 첫째 마음의 부담을 내려놓고 써야 한다. 평소에 잘 쓰지 않는 글인데도 작가로 빙의하여 멋진 글을 쓰려고 하려 한다면 초등학생에게 두꺼운 법전을 읽고 토론하자는 것과 다름이 없다. 그야말로 첫 줄을 쓰기도 전에 지쳐서 펜을 놓을 것이다. 부담을 내려놓아라, 즉 마음을 담을 수 있도록 '거침없이 솔직하게' 쓰라는 것이다. 펜이 멈추어지는 그 순간이 있다면, 아마 더 좋은 글을 쓰려는 욕심 때문이리라. 감정치유 글쓰기과정에서도 항상 강조하는 1원칙, 거침없이 솔직하게 글을 쓸 때 진심이 가장 잘 전달된다.

둘째, 처음 쓰는 글을 초고라고 한다. 즉 편지를 쓸 때 한 번에 완성작을 쓰려는 욕심을 버려야 한다. 앞서 말한 거침없이 솔직하게 연습장에 적어보자. 마음에 들지 않는 문장도 있고, 쓰다가 지운 미운 단어도 있을 것이다. 모든 초고는 쓰레기라고 말한 헤밍웨이도 수많은 초고를 쓰고 또 썼으리라, 그러니 초고에 대한 부담은 접고, 마음대로 연습장 위에 쓴 초벌구이를 깨끗한 편지지에 옮겨적는 수고만 하면 되는 것이다. 키보드에 익숙해진 우리로서는 이만한 수고가 없을지도 모른다. 하지만 한 번 만에 쓴 편지는 아무래도 전할 수 있는 마음의 농도가 약할 수밖에 없다. 밤에 쓴 편지는 부치지 못한다는 제목도 있듯이, 편지지에 마음을 옮기는 일을 수고스럽게 생각하지 않았으면 한다.

가을이 시작되고 있다. 코발트 색 깃이 멋진, 바바리를 꺼내는 일도 좋지만, 오늘은 가까운 문구점에 들러 핑크빛 편지지를 사보자. 그리고 마음을 꺼내어 보자,

혹 아무리 떠올려도 사랑하는 사람이 없다면, 내 마음을 전할 그 누군가가 이 세상에 존재하지 않는다면, 떠나간 이에게 보내는 마지막 편지도 좋고, 내 마음 구석에서 웅크리고 있던 작은 자아, 나에게 쓰는 손편지도 좋을 것이다.

커피향 그윽한 공간 작은 펜과 종이 두 장만으로 행복을 가질 수 있다면 이보다 더 바랄 것이 있겠는가? 마음을 담은 글은 나를 돌아보며 정화하고, 사랑을 담긴 편지는 상대를 움직이게 한다.

누군가에게 손편지를 써 보았다면

이미 당신은 세상에서 하나뿐인 작품을 만든 작가이기도 하다.

당신을 응원한다!

책에서 얻은
3가지 지혜

하루에도 몇 잔이나 마시는 커피이지만 맛이 없다고 반품이나 교환한 적 있을까? 올해가 가기 전에 책을 샀다며 자랑하던 친구가 하루 사이에 돈이 아깝다며 교환을 운운한다. 식사를 마치고 친구랑 마시는 커피값보다 저렴한, 바로 책 한 권을 두고 하는 말이다. 책을 많이 읽을 나이인 대학생들의 도서대출 권수가 일 년에 3권이라는 며칠 전 뉴스, 한 권의 책도 읽지 않는다는 친구의 말이 어색하지 않게 느껴진다.

어느새 10월의 첫날이다. 예로부터 가을을 천고마비의 계절, 하늘은 높아지고 말은 살찌는 시기라고 하여 하늘하늘한 가을 햇살을 즐기며 불어오는 선선한 바람에 책 읽기는 더없이 좋다. 아무리 무심한 사람이라도, 나이가 들어감에 책의 필요성을 느낄 때가 있다. 눈앞에 전개될 걱정 앞에 펼쳐 본 책에서 답을 찾을 수 있고, 때로는 공감과 위로 또한 받을 수 있기 때문이다.

며칠 전 우연히 한 독자분을 만나 이야기를 나눌 기회가 되었다. 그가 나에게 물음을 던졌다. 책을 통해 얻을 수 있는 지혜 몇 가지를 말해보라는 질문이었다. 깊어가는 가을바람에 기대어 나는 눈을 감아본다.

첫째, 인간관계에 대한 처세가 아닐까 한다. 환갑이 넘어도 어제 '내가 왜 그랬을까?'라는 후회를 하는 것이 우리 인간이다. 그러므로 지천명의 나이를 지난다고 해서 더는 사람으로 속상하지 않을 거라는 판단은 오산이다. 이러한 면에서 앞으로 만나는 사람들을 어떻게 대하는 게 좋을지, 어떤 철학으로 사회생활을 해야 할지에 대한 궁금증은 커져만 간다.

사람의 생김이 각기 다르듯이 성격 또한 모두 다르다. 그러므로 어떤 만남에도 쉽게 풀리는 만능열쇠 같은 처세란 존재하지 않는다. 그래서인지 "어느 정도 적당한 거리를 두라"는 말이 공감되는지 모른다. 하지만 과연 적당한 거리가 어느 정도의 수준인지에 대한 주관적 물음에 생각이 멈춘다. 사람의 마음이라는 것이 그렇게 쉽게 조절되기 쉽지 않지만, 철학자들은 '너무 뜨겁지 않게 그리고 얼어 죽지 않을 정도의 거리를 유지하라'고 권한다. 알고는 있지만 참 쉽지 않은 일임이 분명하다.

만약 책을 읽지 않는다면 사람 간의 간극, 거리를 무시하여 만나는 사람마다 상처받는 일을 반복할지 모를 일이고 우리 감정은 더 너덜

너덜하게 될지도 모른다. 그런 의미에서 책은 감정을 다치게 하지 않을 방패의 역할을 하고, 감정을 다치고 난 후에는 그런 사람들을 이해할 수 있는 치료제의 역할을 한다.

둘째, 미래를 예측할 수 있다는 점이다. 과학 문명의 발달, 빅데이터 그리고 통계수치의 정확성으로 미래에 대한 청사진이 점차 선명해지고 있다. 하지만 중요한 사실은 아는 것만큼 대비하고 그 혜택을 누릴 수 있다는 점이다. 예를 들어 의학의 발달로 노화를 늦추는 기술이 발전함에, 피부색은 밝아지고 색소침착도 쉽게 지워진다. 노년을 의미한다는 입가의 팔자주름도 리프팅의 기술로 젊음을 유지하는 것처럼 보인다. 하지만 보이는 외면과 달리 보이지 않는 우리 몸 안은 어떠한가? 보이는 것이 전부가 될 수 없음에도 우리는 생각보다 많은 부분을 외형에 집중한다. 바쁘다는 핑계로 어젯밤 과음에 이어 오늘은 패스트푸드점에서 즉석 음식을 먹고, 탄산음료를 들이킨다. 뜨거운 음식을 담은 배달음식 통에서 나오는 미세플라스틱의 위험을 알지 못한다. 멋진 옷, 달콤함 향수에 오늘을 즐기지만, 하루하루 노화되어가는 몸 안의 내장기관들은 애써 무시한다. 아니 몰라서 보지 못한다는 표현이 맞을 수도 있다. 하지만 책을 통해 행동을 개선하고 일상습관을 바꾸려는 노력을 비로소 한다. 즉 아는 것이 힘이고, 딱 그만큼 우리는 더 건강해질 수 있다. 바로 책을 통해서 말이다.

마지막으로, 책을 읽음으로써 가장 우리가 누릴 수 있는 큰 혜택은 바로 글을 쓸 수 있다는 것이다. 하루에도 수십 번 마음의 상처를 입는 우리가 만약 글이라도 없었다면 이 말을 대체 누구에게 할 수 있을까? 마음의 균형을 잡는 중심추가 고장 나서 너무 무겁게 느껴질 때, 나는 자연스럽게 펜을 든다. 그리고 종이 위에다 고민과 눈물을 쏟아 놓을 때가 많았다. 한 시간 정도 마구 쓰다 보면 어느새 종이는 가득 차 있고 속이 시원해진다. 누군가와 상담을 하지도 않았지만, 나의 문제가 종이 위로 떠다닌다. 고민을 해결해주는 가장 좋은 친구는 바로 글쓰기이다. 만약 책이 없었다면 내가 나에게 쓰는 글조차 무미건조하여 보기 힘들었을지 모른다. 많이 보면 볼수록 대화도 마음도 더 풍성해지는 법이다.

지금 몇 살이든 아직 할 일이 남아있다고 생각한다면 당신에게는 아직 마지막 젊음이 남아있다. 화살과 같은 시간 속에서 우리가 해야 할 일들이 너무 많아 마음만 조급하다고 느껴진다면, 서점을 가 보자. 그 안에 또 다른 내가 숨 쉬고 있고, 앞으로 가야 할 방향을 볼 수 있으며 그 속에서 힘들지 않을 지름길도 숨어 있다. 또한 사람에게 상처받지 않을 처방전도 있으며, 병원에 가지 않아도 될 비결을 알려 줄 주치의가 있을지 모른다. 깊어갈 가을날, 어제보다 더 성숙한 눈빛으로 가을 낙엽을 담을 내일을 그려보며 나의 책을 다시 펼쳐본다.

진심은 공감을,
공감은 인연을 만드는 마중물

세상 사는 이치는 예나 지금이나 크게 다르지 않다. 어떤 일이든 행함에 있어서 그 근본을 먼저 생각하고 이해한다면, 정말 우리가 해야할 일들이 무엇인지 알 수 있으며, 결국에는 행함의 목적을 이룰 수도 있을 것이다.

코로나의 확산세가 줄어들기 시작하자 그동안 보지 못했던 만남과 모임으로 바쁘다. 기존 회원도 있지만 처음 온 분들도 있는 터라 어김없이 소개의 시간은 필수적인가 보다. 며칠 전 모임, 30여 명의 회원에게 각 1분 정도의 자기소개 시간이 주어졌고, 이 시간 동안 발표하는 분의 성격을 엿볼 수 있었다. 어떤 분은 너무 속삭이듯 말하여 내용 전달이 되지 않았고, 또 다른 분은 1분을 넘겨 말을 마무리 짓지 못해, 정작 중요한 이야기는 듣지도 못하였다. 흔히들 첫인상이 중요하다 강조하는데, 첫 만남에서의 자기소개 시간, 너무 쉽게 생각하는 것은 아닌지 의문이 들었다.

사실 말의 논리와 목소리의 차분함 등으로 말을 잘 한다, 못한다고 구분할 수 있을지는 몰라도 아나운서의 모임이 아닌 다음에야 그러함보다는 그 사람이 누구인지를 아는 것이 사실상 더 중요하다. 이것이 바로 자기소개를 행하는 근본적인 이유이다. 그렇다면 우리가 이 시간에 해야 할 일은 무엇일까? 짧은 시간 동안 모두를 파악하기란 불가능하지만, 최소한 한 번 정도 그 사람에 대하여 알아보고 싶다거나 말 걸어보고 싶은 사람으로 기억에 남는 것이다.

적지 않은 사람들이 포장된 자신을 알리는 데 많은 시간을 소모한다. 가끔 어떤 분은 지금의 모습도 아닌, 과거 자신이 잘 나간 시절의 모습만을 강조하기도 한다. 하지만 자기소개를 하는 의미가 무엇인지 생각해보면, 정말 어떤 말을 해야 할지 알 수도 있다.

서로를 잘 알지 못하는 서먹서먹한 분위기, '다소 부족한 사람이지만 여러분들을 알게 되어 반갑고, 내가 도울 수 있는 일이 있다면 기꺼이 함께하겠다'는 소개는 어떨까? 아나운서와 같이 완벽하고 깔끔하게 마무리까지 떨어지는 멘트보다 투박하고 다소 떨리는 목소리지만 진심이 묻어나오는 인사가 그 사람을 다시 한 번 돌아보게 할 것이다.

잘난 사람들만 모인 자리, 자신을 제대로 알리지 못하여 손해 볼까봐, 사돈의 팔촌 이야기까지 할 필요는 없다. 요즘 같은 세상, 인터넷 클릭 몇 번, 지인에게 전화 한 두통으로 그 사람의 신상은 쉽게 파악되기 때문이다. 그러므로 자기소개에서 가장 중요한 점은 장점만을 프리젠테이션하는 것이 아니라 오히려 겸손이 깃든 진심을 표현하는 것이 아닐까 생각한다.

재기를 꿈꾸는, 실패를 경험한 기업인들의 모임에서 한 대표의 이야기가 기억에 남는다. "제가 살아보니 그랬습니다. 성공이라는 것도 해보았고, 실패라는 것도 해보았습니다. 지금 여기에 오신 분 중 실패의 흔적으로 너무 아파하고 계신 분이 계신다면 너무 낙담하지 마세요. 저는 실패를 경험한 3년 동안 집에 들어가지 않고 전국을 방황하며 살기도 하였습니다. 그 후에 깨달은 사실 하나가 있는데 여러분께 말씀드리겠습니다. 실패한 것도 다 그때의 인연이 다했기 때문입니다. 지금 힘들다고 내일도 힘들 거라는 이유는 없습니다. 그러니 또다시 비칠 해를 기대하고 조금만 힘을 내어봅시다" 그의 소개는 비록 1분도 채 되지 않았지만, 다음에 이어진 1시간에 걸친 재기 성공 사례 발표보다 더 깊고 많은 울림을 주었다.

진심은 공감을 끌어내고, 그 공감은 인연을 만드는 마중물과 같은 역할을 할 수 있다. 그의 자기소개를 듣고 많은 이들이 그에게 다가가 명함을 건네면서 인사하는 모습을 볼 때, 정말 좋은 자기소개는 자기 홍보가 아니라 상대를 배려하고 공감할 수 있는 포용력 있는 인사였다.

무엇을 담을지 생각해보아야 한다. 새롭게 간 모임에서 우리가 담아올 것은 다른 회원의 지나간 영예나 무용담이 아니라 그 사람이 어떤 사람인지 알고 더 궁금함에 시작되는 인연이다. 책을 내고 싶어 찾아오는 예비작가들에게 내가 자주 쓰는 말이 있다. "책이라는 그릇을 만드는 것은 그리 어렵지 않아요, 그릇을 만들게 도와주는 학원도, 출판사도 있으니까요. 하지만 정말 중요한 것은 무엇을 어떻게 담을 것인지가 중요하지요. 무엇을 담을 수 있는지는 어디에서도 가르쳐 주지도, 만들어 줄 수 없어요. 본인의 삶을 녹여야 글이 되니까요"

세상 사는 이치가 크게 다르지 않다. 무엇을 담을지가 중요하다. 화려한 표지와 유명인들의 추천사가 책의 가치를 측정하지 않는다. 그렇듯 처음 만남의 자기소개 역시 나의 위치와 능력을 어필하는 것이 아니라 내가 지금껏 살면서 무엇을 담고 살았는지 겸손의 목소리로 함께 나누는 것이 필요하지 않을까 생각한다. 더 좋은 인연을 만나고 싶다면 당신의 그릇을 살펴보는 시간도 필요하다.

행복주파수를
높여보자

지난 한주, 강연초대로 청주, 충주, 전주를 다녀왔다. 공교롭게도 모두 '주'로 끝나는 지명이라 가깝지 않나 생각하겠지만, 집을 기준으로 볼 때 왕복 5시간 이상 걸리는 적지 않는 거리이다. 누군가는 편한 기차를 두고 왜 차를 가져가느냐 물어보기도 하지만, 차에 몸을 싣고 고속도로에 오를 때면 기차에서는 받을 수 없는 또 다른 행복을 느낄 수 있음을 알 수 있다. 행복을 느낄 수 있는 오감(五感)의 감도(感度)가 평소와 다르기 때문이다.

눈으로는 깊어가는 가을을 느낄 수 있다. 수많은 갈등과 평온이 공존하였던 불혹(不惑)의 시절, 길 떠나는 이유는 목적지에 도달함이라는 지론(持論)으로, 결과에만 과몰입하는 시기도 있었다. 빠르게 달리는 창문 밖에서는 보이지 않았던 수많은 것들이, 이제야 느린 움직임을 통해 자연과 함께할 수 있다.

잠시 들리게 되는 고속도로 휴게소, 인생의 쉼처럼 휴게소에서 마시는 커피는 또 다른 미각의 세계로 안내하기도 한다. 때로는 시끄럽게 들릴 법한 사람들의 웅성거리는 소리도 정겹게 들리는 이유는 또 무엇일까? 고속도로를 빠져나와 목적지에 다다를 무렵, 창문을 내리면, 코끝으로 전해오는 농촌의 내음이 해 질 녘 풍경과 합쳐질 때면 다른 세상에 잠시 와 있는 것은 아닌가 하는 생각까지 든다.

강의 때 많은 분이 물어보시는 말씀 중 하나는 "늘 행복하시죠? 어떻게 스트레스를 받지 않으시는가요?"라는 질문이다. 이 질문에 나는 즉답 대신 미소로 답을 한다. 잠시의 침묵이 흐르고 나는 웃으며 답을 하곤 한다. "사람으로 태어난 이상, 누구나 스트레스를 받고 살아갑니다. 아마 오랜 수행을 하신 스님도, 신부님도 스트레스가 없을 수는 없겠지요. 다만 받은 스트레스를 잘 해석하여 마음의 찌꺼기로 남기지 않는 능력이 더 있으실 것 같아요. 그것이 기도일 수도, 명상일 수도, 아니면 제가 하는 또 다른 무엇일 수 있겠지만 말이에요. 스트레스가 없는 사람은 아마 세상에 없을 거예요"

지난 수십 년간 인간관계, 상처, 치유, 스트레스, 행복이라는 키워드로 많은 책을 읽고, 다양한 사람들과 만남을 가지며 책과 칼럼으로 생각을 정리하고 있다. 행복이란 너무 추상적이라 단순히 이런 것이라 몇 마디의 말로 근접할 수 없는 영역이다. 그래서 거시적인 관점이 아닌 세부적인 미시적인 관점에서 쪼개고 나누어 살펴볼 때 우리의 행복은 더 잘 보이는 법이다.

많은 선인이 하는 공통적인 이야기, 오늘을 살아라는 말처럼, 인생이란 여행에서 지금 내가 향해 가고 있는 곳이 새로운 좋은 인연의 시작이라 믿고 오늘을 살아야 한다. 그리고 오늘 내가 남기는 말이 언젠가는 다시 나에게 복이 돌아올 씨앗이라고 생각할 수 있다면 우리는 어제보다 다른 무게로 입안의 혀를 느낄 수 있을지도 모른다.

하루하루를 무시하고 살아가는 사람들이 의외로 많다. 하루라는 점이 모여서 일주일이라는 선을 이루고 일주일이라는 52개의 선이 모여 1년이라는 면을 비로소 만드는 것을 잊고 살아가는 것은 아닌지,

풍경이 좋은 곳에서 좋은 사람들과 마시는 커피 한 잔이 두바이 7성급 호텔에서의 음식보다 더 좋을 수 있다. 그 사실을 자주 떠올리고 오늘을 오롯이 즐길 수 있다면 스트레스에서 조금 더 멀어지는 작은 비결이 아닐까 생각한다.

행복은 패턴이다. 작은 배려에 감사할 수 있다면 행복 주파수의 감도는 더 좋아지고 우리는 더 많이 웃게 될지 모른다.

다시 고향으로 내려오는 차 안에서 흘러나오는 잔잔한 노랫소리가 나의 오감을 차분히 정리하게 만든다. 벌써 시월의 마지막 날이다. 우리는 어디로 흘러가고 있는지,

지금도 기억하고 있어요,

10월의 마지막 밤을,

뜻 모를 이야기만 남긴 채 우리는 헤어졌지요,

그랬구나,
내가 많이 힘들구나

맛있는 음식을 먹다 과식으로 체한 적이 있는가? 누구나 몇 번의 경험은 있을 것이다. 완전히 막힌 듯한 기분에 물조차 입에서 넘어가지 않을 때, 우리는 여러 가지 방법을 생각한다. 손끝을 따기도 하고, 구급약 상자를 찾아 소화제를 먹기도 한다. 이런저런 방법을 사용하다 보면 어느새 조금씩 나아지는 듯하고 비로소 숨구멍이 터진다는 느낌이 든다. 불과 몇 분 사이로 지옥에서 천국으로 건너온 듯한 생각마저 들 때도 있다. 마치 빽빽한 벽돌로 막힌 가슴에 난 작은 구멍으로 숨을 쉬기 편한 느낌으로, 평온이라는 말이 자연스레 그려진다.

누군가 나에게 이렇게 묻는다. "글은 언제 쓰는가요?" 새벽 시간을 정해놓고 쓰기도 하지만, 때로는 마음이 체한 것 같을 때 펜을 든다고 나는 답한다. 마음속 감정이 정리되지 못하고 오랫동안 지속될 때, 우리의 마음은 현기증을 느낀다. 마치 뿌연 연기 속 내가 어디에 있는지도 모를 듯한 그런 감정, 그때 우리에게 어렴풋이 저 멀리 보이는 등대 같은 존재가 바로 글이다.

내 감정을 고스란히 종이 위에 적다 보면 투박한 글 속에 내가 보이기 시작한다. 내 마음 같지 않은 사람과 미처 정리하지 못한 아쉬움, 흘러가는 시간 속에서 정작 해야 할 일은 못 하고 삽질만 한 것 같은 어리석은 모습들 사이에서 때로는 자기 연민을 느끼기도 하고, 때로는 도약을 위한 반성도 글 사이에 비치기도 한다.

심리 상담 때 아무리 노련한 선생님이라 할지라도, 누구도 정답이라 외치며 이것만 해결하면 될 거라 말하지 못한다. 사람의 마음인지라 하루에도 오만가지의 생각을 하며 갈등의 선택지 위에서 방황하기 때문에 확실한 처방전이란 존재하지 않기 때문이다. 하지만 자신의 마음을 보다 객관적으로 들여다볼 수 있는 시간, 그런 시간 속에서 스스로 답을 찾거나 방황의 시간을 줄여나가는 것이 있다면 그것은 바로 글이다. 이런 의미에서 글을 쓰는 일은 신성한 작업이다. 목적성이나 의도를 가지지 않고 써내려가는 자유분방한 글 속에서 우리는 위로를 받을 수 있다.

그랬구나, 내가 많이 힘들구나,
그랬구나, 그 사람 참 너무하네,
그랬구나, 인연이 다해가는 것을 인력으로 해결할 수는 없구나,
너무 힘들어하지 마, 네 잘못이 아니다.

글을 쓰는 동안, 이런 말들이 귓가에서 들리는 듯하다면 이미 치유가 진행되는 과정이라 보면 된다. 글은 언제나 당신의 이야기를 들어주

는 친구이자 애인이자 동반자로 자리매김할 수 있다.

또한, 글을 쓰다 보면 마음이 정리되고 마음이 정리되면 생각지 못한 시간들도 보인다. 다시 말해 무엇을 해야 할지에 대하여 보이고 그런 시간을 만들기 위해 자연스럽게 불필요한 일들이 정리되기도 한다. 하늘 위에 올려진 풍선을 보면, 이미 구름 사이로 가려져 잡을 수도 없을 것 같지만, 아직 방 안에 있는 풍선을 얼마든지 다시 내릴 수 있다. 글을 쓰는 순간, 풍선은 조금씩 당신의 시야로 그리고 손안으로 들어올 수 있다.

무엇이 힘든가, 무엇이 괴로운가?

혹시 어젯밤 베개를 눈물로 적시고 쓴 소주로 시간을 보내었다면, 오늘은 종이 위에 당신의 이야기를 써보길 바란다. 신춘문예도 노벨 문학상을 기대하는 글이 아니다. 누구도 알아주지 않는 당신의 괴로움, 나조차 잡을 수 없었던 내 갈등을 종이 위에 적다 보면 어느새 막혔던 내 마음의 체함도 내려갈 것이다.

똑똑한 사람은
누구일까?

초등학교 시절이라하면 어떤 기억이 떠오르는가? 모래가 있는 놀이터, 검은색 고무줄, 가슴에 달았던 흰 손수건 그리고 입학식…. 여러 기억들이 머리를 스쳐 가는 동안, 펜은 한동안 멈추고 나의 시선은 창문을 향하고 있다. 아련한 추억들 사이로 이제는 볼 수 없는 그리운 이들이 나의 눈물샘을 자극하고 있기 때문이다.

이름만 불러도 눈물이 나는 사람이 있는가? 나에게 그런 분은 할머니였다. 할아버지께서 일찍 돌아가셔서 아버님과 두 분이 생활하시던 중, 어머니와 결혼하시고 태어난 첫 번째 생명이 바로 나였다. 당신에게는 얼마나 소중했으리라 추측이 된다. 시골 구들장에 눕혀 놓으면 혹 뜨거울까 봐 계속 안고 계시어 엉덩이의 색깔도 변했던 할머니.

당신은 무척이나 건강한 체질이어서 영원히 곁을 지켜주실 거라는 착각 속에, 때로는 철없는 말로 속을 태우기도 하고, 바쁘다는 핑계로 약속을 다음으로 미루기 일쑤였다. 그런 그가 몇해 전 차가운 땅속으로 이사를 하시었다. 당신을 선산에 묻고 돌아온 몇 주간은 잠을 이룰 수가 없었다. 혼자 외로운 밤, 무섭지는 않으실지, 이런저런 생각에 나의 베개는 늘 젖어있었다.

사람 일이 마음처럼 되지 않는지라, 늘 겸손하고 오늘을 살아가야 함에도 실로 중요한 것은 늘 잊고 살아가는 듯하다. 강의 때 웃으며 말했지만, "지천명의 나이에 들어서니 이제야 바보 도 터지는 것 같다는 생각이 든다." 정말 똑똑한 사람, 현명한 사람은 누구일까라는 화두에 당신은 무어라 말할 것 같은가? 박사학위, 통장에 든 잔액, SNS에 등장하는 화려한 문구들로 이분법적으로 구분하는 이도 있을 것이다.

현명한 사람은, 최소한 내가 생각하는 똑똑한 사람은 바로 무엇이 중요한지 알고, 그 일에 최선을 다하는 사람이다. 남들의 시선을 의식하여서 하는 불필요한 일들, 정말 소중한 이들의 아픔을 애써 모른척하며, 미래만 바라보고 오늘을 희생하는 이를 나는 현자라고 부를 수 없다.

사랑하는 이와 웃는 시간이 많으면 많을수록 우리의 삶은 풍성해지고 면역력도 향상된다. 그런 추억들이 모여, 삶이 성숙되고, 먼 훗날 하늘이 우리를 부를 때, 뒤돌아봄 없이 훌훌 털고 떠날 수 있지 않을까 생각한다.

창문 밖 하늘이 오늘따라 흐리다.

내 눈물에 얼룩져 그런지 아니면 벌써 눈이 내리는지 모를 일이다. 초등학교 입학식 코 흘리던 나에게 다가와 나를 어루만져주시던 할머니가 더욱 그리운 날이다.

오늘을 잘살아 보고 싶다. 마음을 다해 사랑하는 이들과 함께 웃어보고 싶다.
가슴 터지게 힘든 날, 혼자라도 실컷 울어보고 내일을 시작할 수 있으면 좋겠다.

좋은 사람이 되면,
좋은 인연은 자연히 찾아오는 법

세상은 무엇으로 이루어져 있느냐에 대한 질문에 여러 대답이 나올 수 있을 것이다. 마음속에 사랑이 가득한 사람들은 사랑이라 대답할 수 있을 것이며, 물질에 치중되어 있는 마음은 자본이라 말하는 이도 있을 것이다. 이즈음에서 누군가 나에게 같은 질문을 하여본다면 나는 '사람'이라고 말하고 싶다. 눈에 보이는 한사람 한사람이 구성된 사회로, 세상이 이루어져 있다고 볼 수 있지만, 보이지 않는 사람 간의 관계로도 만들어져있다. 어느 시인의 말처럼 사람을 아는 것은 그의 과거와 현재, 그리고 미래가 함께 오듯이, 보이지 않는 거대한 인연의 물결들이 사람이란 그리고 인연이란 이름으로 주위를 구성하기 때문이다.

과학기술의 발달은 우리에게 유례없는 편안함과 풍부한 정보를 가져다주고 있다. 하지만 피상적인 정보에 개략적인 이해는 가능할지 모르지만, 정말 중요한 정보, 결정적인 순간은 바로 사람에서부터 시작된다. 이런 의미에서 사람간의 만남은 진실하여야 하고, 의미 있어야 한다. 그러기에 지구 반대편까지 의사를 전달하는 데 인터넷은 불과

5초도 걸리지 않지만, 그 진실성과 절실함까지는 전달되기 어려움으로 비행기를 타고 출장을 가기도 한다.

왜 사람이어야 하는가?

사람의 다친 마음을 상담하고 치유하는 나의 일, 먼저 내가 행복하고 밝아야 다른 이를 밝게 만들어 줄 수 있다. 힘든 상황에서는 누구라도 다른 이의 말을 경청하고 공감할 폭도 좁아질 수밖에 없다. 그렇다면 마음이 밝아지는 방법이 있다면 무엇일까? 명상, 독서 그리고 여러 가지가 있겠지만 가장 효과적인 한 가지의 방법은 바로 좋아하는 사람을 만나는 일이다. 당신이 좋아하는 사람을 떠올려 보라. 그 순간 얼굴에는 미소가 지어지고 스트레스로 억눌려져 있던 심장의 박동수도 정상적으로 회복된다. 사람으로서 치유가 되는 것이 바로 인간(人間)의 마음이다.

어떤 사람이 좋은 사람인가?

이 질문에 대하여 나는 이렇게 정의 내리고 싶다. 당신을 웃게 만드는 사람, 그리고 배울 점이 있는 사람이다. 시간을 무의미하게 사용하는 사람들, 자신을 돌보지 않는 사람들은 웃음도 적을 뿐만 아니라 배울 점도 크게 없다는 공통점을 가지고 있다. 주위를 한 번 둘러보자. 과연 그런 사람들이 얼마나 있을까? 주위에 이런 사람들이 많을수록 지속 가능한 행복은 유지되기 쉽다. 다시 말해 밝아지기 쉬운 조건을 가진 사람이라 말할 수 있다.

대나무는 성장점이 마디마다 있어서 성장을 멈추지 않는다. 사람도 그 나이에 맞는 해야 할 일들과 만나야 할 인연들이 반드시 있다. 이 모든 것들은 사람으로 시작되고 마무리가 된다. 좋은 사람을 어떻게 만나는지 나에게 물어본다면 그 대답은 아주 간단하다.

당신이 좋은 사람이 되면, 좋은 인연은 자연히 찾아오는 법이다.

결혼상대자로
누가 좋을까요?

누군가를 만날 때 자신에게서 충족되지 못하는 부분을 얻을 수 있다면, 그 사람에게 매력을 느끼게 된다. 지식이 부족한 사람에게는 지적인 친구가 끌릴 수 있고, 돈이 부족한 사람은 재테크에 밝은 친구가 매력적으로 보일 수 있다. 하지만 친구들에게서 단지 그런 장점이 있다고 해서 관계가 오래간다는 보장은 없다. 그렇다면 오랫동안 함께 하려면 매력 이외에 무엇이 필요할지에 대한 의문이 남는다.

내가 생각건대 바로 편안함이다. 누구를 만날 때 편안함을 가질 수 있다면 사람의 마음은 저절로 열린다. 편안함의 다른 이름은 '공감의 형성'이 될 수 있기 때문이다. 아직 미혼인 후배 한 명이 결혼 상담을 위해 나를 찾았다. 두 명의 여성 중 누가 반려자로 좋을지 말이다. 한 분은 배운 것이 많은 전문직 여성이다. 젊은 나이에 이루어 놓은 것도 많았고, 사회에서 인기도 있는 편이었다. 그래서인지 후배는 언제나 긴장을 하며 시간을 보내었고, 뒤처지지 않게 끊임없이 남들의 시선 위에서 무엇을 해야만 했다. 다른 한 분은 평범한 직장을 다니지만, 항상 배우려는 의지가 강하였고, 그러한 시간을 후배와 함께 보내는 것을 좋아했다. 비록 이루어 놓은 것은 부족하지만 함께 걸어갈 시간이 그리 나쁘지 않을 것 같다고 후배는 말을 덧붙였다. 또한, 그는 그녀와의 시간 속에서 안정감을 더 느낀다고 표현하였다.

어떤 선택을 하더라도 후배에게는 분명 좋은 배필이 될 두 사람이다. 하지만 굳이 선택하라면 나는 편안함을 느낄 수 있는 사람, 그 속에서 부족함을 함께 메꾸어갈 수 있는 사람이라고 말하고 싶다. 처음 사랑을 할 때는 자신이 가지고 있지 않은 무엇에 끌리게 마련이지만, 오랜 시간을 두고 보면 끌림은 익숙함으로 변해간다. 결국 '끌림' 역시도 시간이 지나면 대단한 것이 아니라는 생각을 할 날이 온다는 의미이다.

누군가와 함께 삶을 살아가는 것은 서로 닮아가는 과정이다. 한평생을 함께 한 노부부를 볼 때 성격뿐 아니라 얼굴까지 닮아가는 것은 함께하는 이의 영향력은 과히 크다고 볼 수밖에 없다. 아직 사랑을 모르는 이들, 종국에는 극복할 수 없는 불편함조차 이겨낼 수 있다며 그것을 긴장이란 이름으로 즐기며 그 압박 속에서 내가 성장한다는 자의적인 해석을 하기도 한다. 하지만 이완이 없는 긴장의 연속은 언젠가는 감정의 폭발, 이별로 마무리를 지을 공산을 크게 만든다.

나는 후배에게 질문 하나를 더 하여본다. 당신을 세상에서 가장 오랫동안 사랑하는 사람이 누구인지 말이다. 그런 사람이 누군지 안다면 그런 사람과 비슷한 사람을 찾으면 될 일이었다. 후배는 마시던 커피잔을 놓으며 바로 어머니라고 말한다. 태어나면서부터 지금까지 한결

같이 사랑하고 함께 하고 있으니 말이다. 부모같이 '조건 없는 희생' 하는 존재를 만나기란 아주 힘든 일이지만 그와 비슷한 사람을 만날 수만 있다면 그 대상을 찾은 것과 다름없는 일이다. 어머니를 떠올리면 어떤 감정이 떠오르는지에 대한 물음에 후배는 역시 "편안함"이라 말하였다. 마치 수학 공식처럼 평생 함께하고픈 사람의 필요충분조건은 바로 여기 편안(便安)에 있었다.

편안함의 반대말, 불편함에 대하여 잠시 말을 덧붙여 보자.

인간관계로 힘들어하는 이들, 그들의 공통점이 무엇일까? 바로 상대와의 불편함에서 힘든 관계가 시작됨을 알 수 있다. 불편함의 유형은 다양하겠지만, 그중 하나는 사람을 사람으로서 존중하고 좋아하질 못하고 모든 일에 조건을 붙이는 사람이다. 보기만 해도 좋을 일에 "무엇을 하면 좋겠어"라고 항상 "~라면이라는" 단서를 붙이는 사람을 보면, 내가 그를 위해 더 이상 해 줄 것이 없다면, 언젠가는 떠나 버릴 것 같은 씁쓸한 마음이 밀물처럼 밀려든다면, 그 관계는 마른 장미처럼 서서히 메말라 갈 것이다. 세상에 조건 없는 사랑은 피를 나눈 사이를 제외하고는 그리 많지 않다. 하지만 그것을 표면적으로 나타내는 사람과는 왠지 모를 거리감이 자연스레 생기는 법이다.

정말 내가 함께하고픈 사람이 누구인지를 아는 방법은 나와 삶의 결이 비슷한 사람, 그의 숨결 안에서 내가 힘들지 않고 안정을 느끼는 사람이다. 영원히 편안한 사람도, 영원히 좋은 사람도 존재할 수는 없다. 하지만 우리가 숨을 쉬는 동안 함께 하고픈 사람을 선택하는 기준은 바로 편안함이라는 것이다.

이제 올해도 한 달밖에 남지 않았다.
성당의 종소리와 함께 울려 퍼질 크리스마스 캐럴,
추운 손을 녹일 따스한 사람을 찾고 있다면 먼저 묻고 싶다.
"당신은 과연 얼마나 편안한 사람인가요?"라고 말이다.
마지막으로 내년에는 국수를 꼭 먹게 해주겠
다는 후배에게 마저 끝내지 못한 이야
기가 커피 향기 사이로
다시 피어난다.

이별을 대하는
우리의 태도

아침에 일어나면 습관적으로 하는 일이 있다. 바로 차를 마시는 일, 간단한 것 같으면서도 그 준비 과정은 적지 않게 내 마음의 공간을 열어주는 시간이기도 하다. 새벽 이른 시간, 나는 정수기에서 물을 받아 주전자에 물을 채운다. 반 정도 채워진 주전자의 물은 전원 버튼을 누르고 얼마 되지 않아 보글보글 소리를 내며 끓기 시작한다. 1분도 되지 않았지만 하얀 수증기를 만들며 끓여진 물을 찻잔에 담아 책상 위에 올려놓는다.

모든 일은 시간이 해결한다

액체였던 물의 일부가 서서히 수증기가 되어 기체로 증발하듯이 시간은 자연스럽게 현상을 변화시킨다. 시간이 지나면 아무런 흔적조차도 남기지 않는다. 차 한 잔을 준비하는 동안, 감은 눈 사이로 인간사 (人間事) 역시 그리 다르지 않음을 생각해 본다. 차마 남들에게는 말못 할 힘든 아픔으로 간밤을 지새운 사람, 시린 겨울보다 더 차가운 외로움에 눈물을 흘린 이가 있다면, 책상 위, 따스한 차를 먼저 건네며 그와 마주하고 싶다. 아파 보지 않고, 힘들어 보지 않았으면서 쉽게 말한다고 하는 이도 있을지 모른다. 나는 찾아온 이와 이야기를 나누고 싶은 생각이 없다. 다만 손끝에 전해지는 따스한 온기, 그 온기조차 시간의 흐름에 따라, 아픔 역시도 식어감을 그에게 말없이 전해주고 싶을 뿐이다.

뜨거워서 잡을 수도 없을 것 같은 찻잔처럼 우리의 마음도 그럴 때가 있다. 돌아보기만 해도 눈물이 왈칵 나올 것 같아 이름조차 부르기 힘든 이도 있을 것이다. 찢어지는 가슴을 어떻게든 수습해보려 하지만 쓴 소주로도, 갈매기만이 나를 반기는 겨울 바다를 말없이 찾아도 그리 쉽게 아물지 않는 마음들.

시간이 약이다

노래 가사처럼 시간이 해결한다. 찢어지는 듯한 시련의 아픔도 이별의 순간도, 조금씩 시간이란 진통제가 서서히 낫게 도와준다. 누군가와 이별하는 것은 진정 그를 다시 볼 수 없음에 슬퍼하는 것이 아니라, 그와 함께 나누었던 많은 추억이 삶에서 자연스럽게 되새김질 될 때 느껴지는 고통, 그리고 무엇보다 그 없이 보낼 내 시간의 공백이 두려워서이다. 그래서인지 소크라테스가 독주를 마시며 죽음을 앞둔 시점에서 오히려 본인보다 가족이나 친구들이 힘들어한 이유도 그 때문이지 않았나 싶다.

흘러가게 두어라, 잡지 말아라

다리에 쥐가 나듯이, 갑작스러운 이별에는 마음과 몸이 좀처럼 움직이질 않는다. 그럴 때는 그냥 시간에 몸을 맡겨야 한다. 아무것도 하지 않은 채 말이다. 쥐가 났을 때 가만히 있으면 고통도 사라지듯, 아무것도 하지 않은 채 눈을 감고 시간의 흐름을 견디어야 한다. 자꾸만 떠오르는 생각에 아픔을, 혼자 남은 시간을 어떻게 주체하지 못해 너무 슬퍼하지 않아야 한다.

주전자의 물이 끓어 수증기가 되듯이, 우리의 아픔이 제대로 승화될 시간을 주어야 한다. 아프면 그만큼 그와의 시간이 소중했고 진실했음을 반증하는 것이라 그 또한 바르게 받아들여야 한다. 좋은 기억 속에서 나쁜 일들을 일부러 끄집어내 잊으려 노력하는 것조차 의미 없는 일이다.
오늘의 슬픔도 내일 다가올 새로운 인연의 기쁨도 오롯이 자신의 몫이다. 그러므로 부디 오늘만은 아무것도 하지 말고 시간의 흐름에 몸과 마음을 맡겨보자. 시간이 약이다. 시간이 약이다.

세상을 살아본 사람은 모든 만남의 끝이 항상 깔끔할 수 없음을 잘 안다. 헤어질 때 미처 전하지 못한 말들이 비록 남겨진 이에 마음에 평생 남아 메아리 칠 테지만, 속 시원히 말하고 회자정리(會者定離)하지 못하는 것이 우리의 삶인가보다. 적지 않은 시간 함께 한, 진심을 주고, 어떠한 가식도 없이 사랑한 사람과의 이별, 그 앞에서 무릎

끓어야만 했던 사람이 있다면, 그와 함께했던 시간의 두 배, 아니 세 배 만큼의 아픔의 시간을 견뎌내야 한다.

때로는 현명한 소크라테스보다 겨울바다를 찾는 가슴 시린 이의 눈이 더 아름다울 수 있다. 꺼내기조차 힘들었던 아픔 속에서 내일을 그려보고 지나간 시간을 아름답게 승화시켜 내 마음속에서 그를 진정 보내 줄 수 있다면 말이다.

다시 찾은 겨울 바다에 길을 물어,
내 마음의 소리를 들을 수 있다면 얼마나 좋을까?
눈 내릴 듯한 날씨,
이별에 힘들어하는 이의 가슴에도
따뜻한 눈이 소복이 내려
검게 멍들었던 아픔이 가리어졌으면 좋겠다.

행복의 해석

행복을 거창하게 생각하는 이가 많다. 유명대학을 졸업해야 행복하고, 남들보다 더 좋은 차를 타고 다니며 부러운 시선을 살짝살짝 느끼는 것이 행복의 맛이라며, 안분지족을 주창하는 사람들을 이해하지 못하는 세속적인 사람도 있다. 어느 삶의 지론이 옳은지, 그의 삶을 직접 보고 이해하지 않은 채 함부로 재단하기란 위험한 일이다. 또한, 복잡하고 예측 불가한 세상에서 오직 몇 가지 철학이나 지론만을 삶을 풀어내기에는 너무나 다양한 사람들과 일들이 존재한다.

지금 책상 위에는 아침에 내린 에스프레소 한 잔과 한 모금의 우유가 사이좋게 놓여있다. 글을 쓰는 동안 내 코끝을 행복하게 해주는, 그리고 글을 쓰다 고개를 돌릴 때 보이는 다크 초코렛 색의 커피는 이미 마시기 전 충분한 행복감을 가져다준다. 마시기 전, 코로 전해지는 후각과 풍미로운 시각만으로도 그 의미는 충분하다.

밤톨 같은 작은 커피 한 잔으로 어느새 신선한 아침이 방안 가득히 채워지고 있다.

책쓰기 수업을 하며 '초고는 거침없이, 끊기지 않게 쓰라'는 부분을 나는 늘 강조한다. 감정의 흐름이 끊어지지 않길 바라는 의미에서이다. 나 또한 그렇게 글을 쓰다 보면 어느새 A4지 한 장이 다 채워져가고, 잊고 있었던 커피가 생각난다. 잔을 들어 마시려 보니 이미 커피는 식어버렸다. 흔히들 커피는 따뜻할 때 마셔야 제맛이라지만, 이제 습관이 되었는지, 식은 커피도 나름의 맛이 있다.

세상은 해석하기 나름이라든가.
나는 이제 뜨거운 커피보다 식은 커피가 더 좋다.

아침 커피 한 모금, 행복 한 줌에 이런저런 단상들이 떠오른다. 과연 내가 원하는 행복은 무엇일까? 나는 어느 순간부터 행복이라는 말을 사용하지 않기로 하였다. 생각건대, 인간이 감히 다룰 수 없는 대상이라 여겼기 때문이다. 키보드를 잘못 만져 한글이 아닌 영어로 타이핑을 할 때, 행복은 godqhr로 쓰여진다. 즉 행복의 행복할 행(幸)은 god, 즉 신(神)으로 쓰여진다는 것이다. 뒤에 있는 qhr의 뜻은 아직 모른다. 어쩌면 행복은 신이 말하는 아직 풀지 못하는 숙제라는 의미로 자의적 해석이 된다.

나는 어려운 미적분을 푸는 수학자도 아니고 과학을 잘하는 물리학자도 아니다. 그냥 삶을 관조하는 중년의 작가로서 행복은 그냥 맹목적으로 추구한다고 되는 것이 아니라고 말하고 싶다. 단지 오늘을 최선을 다해 살아감에 작은 만족감을 느끼고, 때로는 불어오는 시련에도 웃으며 자신의 흐느끼는 숨소리에 안아줄 수 있는 마음이면 된다. 남들의 시선 위에 행복을 올려놓기를 당신의 신(神)은 바라지 않을 것이다. 세상에 태어났음에 자신의 목소리로, 자신의 색으로 세상이란 놀이터에서 신명 나게 색칠하고 놀다가 돌아가길 바랄 것이다.

무엇이 진정한 행복인지 아직 찾지 못하는 사람이 있다면 하던 일을 멈추고 하늘을 바라보라, 움직이지 않을 것 같은 구름조차 시간의 흐름, 바람의 흐름에 따라 변해가는 것을 보아라, 세상 변하지 않는 것은 없다. 잡으려 집착하면 할수록 마음속 고민은 점차 풀지 못하는 방정식으로 변해만 갈 것이다. 그냥 커피 한 잔을 마시며 나처럼 때로는 바보처럼 웃어보는 시간, 그 안에서 당신의 영혼은 어쩌면 편안할지 모른다.

저자 약력

마음이 가벼우면 신선도 될 수 있다는 말이 있다. 현대인들의 마음이 무거운 이유는 무엇일지 그리고 진정 행복해지기 위해 우리가 할 수 있는 일은 무엇일까에 대하여 연구하고 글을 쓰는 행복학교 교장이다. 세계 100여 도시를 출장 다닌 해외전문가 이며, 학교에서는 국제경영을 가르치는 교수이기도 하다. 지금까지 1,000회 이상 스트레스 관리, 치유힐링 강의를 전국 기업, 기관, 학교에서 진행하였을 뿐 아니라 해외에서도 온라인강의를 통해 그만의 특별한 치유기법을 인정받고 있다.

이 책은 매일경제와 매일신문과 같은 국내 주요일간지와 해외에서 사랑받았던 치유와 행복 칼럼들만을 모아 책으로 재구성하였다. 마음을 치유하고자 하는 이에게 하루한 편씩 읽도록 구성되어 언제 어디서라도 편한 마음으로 가까이하도록 만들었다.

그의 대표작으로는 『내 안의 행복을 깨워라』, 『나는 행복을 선택했다』, 『당신은 행복한가요?』, 『당신 잘못이 아닙니다』, 『감정치유 글쓰기』 등이 있다.

최경규의 행복학교 교장, 경영학 박사, 심리상담가
보건복지부 인재개발원 외래교수
한국뱀부테라피협회 부회장
세종로 국정포럼 행복학교위원장
한국여성총연합회 교육위원장
식문화 세계교류협회 자문위원
前) 외교부 국제디자인교류재단 인력개발원 부원장

블로그: https://blog.naver.com/londonol
마음치유 상담: billchoi3@naver.com
책쓰기 개인코칭 상담: billchoi3@gmail.com

마음치유

초판발행	2023년 1월 17일
지은이	최경규
펴낸이	안종만·안상준
편 집	김윤정
기획/마케팅	장규식
표지디자인	이영경
제 작	고철민·조영환
펴낸곳	(주)**박영사**
	서울특별시 금천구 가산디지털2로 53, 210호
	(가산동, 한라시그마밸리)
	등록 1959. 3. 11. 제300-1959-1호(倫)
전 화	02)733-6771
f a x	02)736-4818
e-mail	pys@pybook.co.kr
homepage	www.pybook.co.kr
ISBN	979-11-303-1689-5 03810

정 가   17,000원